后浪电影学院 009

21天搞定电影剧本
（修订版）
How to Write a Movie in 21 Days

［美］维基·金(Viki King) 著　周 舟 译

北京联合出版公司

你是不是很棒。

你认真准备。

你努力奋斗。

你咬牙向前。

你相信自己/也曾失去希望

你不停锻炼/也曾四处游荡

为它梦想/也曾把它抛在脑后

不断尝试/也曾放弃尝试

逃避/坚持

憧憬自己的作品是部旷世杰作/宁愿看到它消失

为它勇敢/成为一个懦夫

写/不写

不管怎样，最后它完成了……小事一桩。

没什么大不了。

帽子飞扬，号角响起。乌拉。万岁。你就是世界上最棒的那个家伙。

赞　誉

我把这本编剧书推荐给我的所有学生。它以一种坦诚、率直的风格，鼓励和倡导了一种极富创造力的思维模式。它让人耳目一新，既非高不可攀，也不艰深晦涩。也正因为这份轻松平易，才得以化解大多数艺术从业者对此类书籍极易产生的心防。你完全可以信任它，让它引领你径直奔向你故事的心脏。维基会牵着你的手，带你领悟：结构绝不是一个死板僵化的公式，它能把你用想象力召唤出的一切都纳入其中。

——艾伦·瓦特（Alan Wate），畅销书《钻石狗》（Diamond Dogs）作者，洛杉矶编剧研究室创立人

我承认——完美主义成了我的拦路石，我一拖再拖，迟迟不能动笔。而你写的"别想太多，放手去写"对我来说无疑是一剂对症良药。

——埃米·哈里斯（Amy Harris），美剧《欲望都市》（Sex and the City）、电影《倒霉爱神》（Just My Luck）编剧

多亏了维基。我是一个编剧，现在我的生活大变样了。旧的一页翻过，所有的一切都焕然一新。维基对于人类生活、经历和需求的深刻见解，尤其让我五体投地。

——唐·克利里（Don Cleary）

这本书有助于把写剧本这个令人生畏的艰巨任务，分解为若干件每次只用8分钟即可完成的事儿。从前我以为写作前需要海量的准备工作，现在我明白了——其实就是拿起笔这么简单。

——丹·肯德尔（Dan Kendall）

致中国读者

首先,我为这本书能被译成中文,跨越语言、文化、地理的界限与您见面,而深感荣幸。如今我们身处的这个世界正处于一个高速发展的时代,人们通过电影可以创造出许多全新的方式以展现生命多姿多彩的可能性。诸位有着熠熠生辉的学历、蓬勃充沛的精力和对未来怀抱满腔希望的青年才俊刚刚走出校园,明日的事业会远远超出你们曾梦想的疆域。就像一张拼图,我们所有人共同汇成一幅辉煌图景,现在欢迎你来尽情描绘属于你的那块。

中国电影正日益开放,同样需要开放的还有你的视野,当你为人类描绘和创造更美好的世界时,要勇于、乐于敞开你的心灵,去释放、探索它所有的可能性。

您真诚的朋友

维基·金

目 录

赞　誉 ··· 1
致中国读者 ·· 维基·金 2

Part 1　全书概貌

第一章　承诺，承诺　3

1.1 怎样运用这本书 ······································ 3
　　开始：怎么准备　3
　　中间：21天写完你的电影剧本　4
　　结尾：直面难以克服的障碍　5

第二章　什么是"内心电影之道"？　7

2.1 怎么让你的脑听从于心 ······························· 7
2.2 这些工作是什么？由谁去做？ ······················· 8
　　你的年龄怎么泄露你的思想　10
　　直面难以克服的障碍　10
2.3 怎样在这21天里一一突破这些困难？ ············· 10
2.4 碎碎念 ··· 11
2.5 并置的力量 ·· 11
2.6 别光说不练 ·· 12
2.7 使用这本书的意义 ···································· 12

Part 2　怎么准备

第三章　写什么　17

3.1 想法从何而来 ··· 17

3.2 我的故事是什么？我该如何去讲述？ ………… 17
3.3 第一个任务 ………………………………… 18
3.4 我要写点什么？ …………………………… 18
3.5 我的视点是什么？我该如何发现它？ ……… 19
3.6 怎么判断你的想法是小说、电影还是一首歌
　　——它们各自的特点是什么？ ……………… 19
3.7 决定你的故事主题 ………………………… 20
3.8 你的故事是什么？ ………………………… 24
3.9 关于谁的故事？ …………………………… 25
3.10 展示，不要告知 …………………………… 25
3.11 现在怎样？ ………………………………… 26
3.12 你的年龄怎么泄露你的思想 ……………… 26
3.13 人生的隐喻 ………………………………… 27
3.14 人生之旅的写照 …………………………… 27
　　　摇滚年代　27
　　　"我特别么？我很特别。我不特别。"　28
　　　未完成的成长课题　28
　　　盛放年华　29
　　　到底什么时候是中年？　30
　　　新的开始　30
　　　我就是我　31
　　　视　野　31
　　　外部环境　31
　　　性别因素　32
　　　你的主角　32
　　　怎么虚构一个真实的故事　32
　　　作者提问　32
3.15 怎么找到你的中心人生议题 ……………… 33
3.16 回答这些问题 ……………………………… 33
3.17 动笔之前我如何了解我的人物形象 ……… 34
　　　如何以电影化的思维构思　35
　　　上电影院　35

　　　　淡入　36
　　　　第1分钟　37
　　　　第3页有什么？　37
　　　　第3页到第10页发生了什么？　38
　　　　我们需要在第10页之前知道的事　38
　　　　第1幕转折点　39
　　　　第2幕的隐喻　39
　　　　临界点　39
　　　　新发展　39
　　　　高潮部分　40
　　　　结　尾　40
　　　　宣传语　40
　　　　视觉道具　41
　　　　片　名　42

第四章　怎么去写　43

　4.1　内容和结构　43
　4.2　9分钟电影路标　43
　4.3　幕　44
　4.4　120页的马拉松　45
　4.5　剧本写作中最自由的因素　45
　4.6　让故事在卡片上"活起来"　46
　　　　故事从第1页开始　46
　4.7　它写在纸上应该是个什么样子？　48
　　　　我需要知道哪些技术规范？　48
　　　　什么时候用大写键 CAPS　50
　　　　大写的其他一些用法　50
　4.8　一图抵千言　51
　4.9　两页短片　51

第五章　目前你知道的　54

　5.1　你的演出时间和地点　54

  5.2 怎么让电影在你掌握之中 …………………………… 55
  5.3 120 页成册 …………………………………………… 55
    9 页串联　56
    内心剧院　57
    8 分钟烂写波尔卡　57
  5.4 多项选择 ……………………………………………… 58
  5.5 在你写自由初稿前应该知道的 ……………………… 58

第六章　从"准备"过渡到"出发"　60

Part 3　21 天写完你的电影

第七章　你的自由初稿：用心写作　63

  第 1 天：头 10 页 ………………………………………… 63
    速写练习　65
    规则 1 和规则 2　66
    特别收录紧急援助　66
    作者提问　67
    我做到了，万岁！　68
  第 2 天：头 30 页 ………………………………………… 69
    作者提问　69
    说得够多了——事实胜于雄辩　71
    头 10 页怎么引出接下来的 20 页？　72
  第 3 天：头 30 页至第 45 页 …………………………… 74
    读头 30 页　74
    你的转折点　74
  第 4 天：头 45 页至第 60 页 …………………………… 76
    不入虎穴，焉得虎子？　76
    怎么改变行为　77
    我遭遇的敌人就是自己　78
    实事求是　78
  第 5 天：头 60 页至第 75 页 …………………………… 79

什么是阻碍风险?什么是议题风险　79
差一点得偿所愿　80
最合时宜的事件　80
他不得不放手　80
做你该做的,自然会奏效　80

第6天:头75页至第90页 …………………… 82
稍后——问题解答101　82
现在到你的第75页到90页　83

第7天:头90页至第120页 …………………… 84

第8天:休息 …………………… 86

第9天:好,坏,丑;通读你的自由初稿 …………………… 89
现在,怎样?　89

第八章　你的改写稿:用脑改　91

第10天:改写第1幕;第1页至第10页 …………………… 91
超越自由初稿　91
你是谁?　92
让我们更加个人化　93
为什么你从你开始的地方开始?　93
我怎么才能从那儿到这儿　94
聚焦放大　94
第1页　95
寻找什么?　96
节　奏　96
如何表述你的中心问题　97
这个场景是什么?怎么让我的场景精彩?　97
作者提问　98
今天做什么　99

第11天:改写第1幕;第10页至第30页 …………… 100
怎么写一部电影?　100
呈　示　100
对白不是谈话　100

电影里没有自省　101
　　　怎么读出思想？　101
　　　怎么读对白　101
　　　故事瞬间　102
　　　作者提问　102
　　　好了,我们来改写　103

第12天:改写第2幕;第30页至第45页 ············· 104
　　　你有过这样的经历么　104
　　　斟酌你的宣传语　104
　　　配角不是他人　106
　　　重读第3天　106
　　　我并不想　107

第13天:改写第2幕;第45页至第60页 ············· 108
　　　重述要点　108
　　　如果故事从你的指缝中溜走,可以采取的应对方法　108
　　　危　险　109
　　　黑洞怎么填补　109
　　　你算说对了　110

第14天:改写第2幕;第60页至第75页 ············· 111
　　　然后他意识到　112

第15天:改写第2幕;第75页至第90页 ············· 113

第16天:头45页至第60页 ·························· 115
　　　创造性的选择　115
　　　什么改变了你自己　116
　　　改变与成长的区别　116
　　　好莱坞式结局　116

第17天:改写第3幕;第100页至第120页 ············ 118

第18天:调整第1幕 ······························· 120
　　　大调整和小调整的区别　120
　　　怎么做小调整　120
　　　怎么做大调整　121

第19天:调整第2幕 …… 123
　　你不知道自己想说什么的时候　123
　　你迷路了怎么办　124
　　你处于你人生第2幕的什么位置?　125
　　说吧,说出来　126

第20天:调整第3幕 …… 127
　　完工庆典之前　127
　　我们来谈谈结束　127
　　你是这样么?　128
　　这是普遍感受　128

第21天:结束庆典 …… 129
　　怎么知道你何时才算大功告成　129
　　怎么找两个人试读(不包括你的亲友爱侣)　130
　　公开发表　131
　　怎样才能不承受批评　132
　　最后检验点　133
　　当你真的,真的大功告成　133

Part 4　直面难以克服的障碍

第九章　禅与成事的最高艺术　137

　　9.1 哦,你这小可怜 …… 137

第十章　外部障碍　怎么在埋头写作时,还交得起房租　139

　　10.1 继续你的日常工作 …… 139
　　10.2 压根就没有等待这码事 …… 139
　　10.3 怎么让日常工作为你服务 …… 140
　　10.4 你要做的就是按点报到 …… 140
　　10.5 如何活出双面人生 …… 141
　　10.6 物物交换 …… 141
　　10.7 如果你被炒鱿鱼了,会怎样? …… 142

10.8 你什么时候辞职 ················· 142
10.9 失业金用完了怎么办 ·············· 143
10.10 时间大于金钱 / 金钱大于时间 ········ 143
10.11 你的钱花光了 ·················· 143
10.12 找到一个更好方法 ··············· 144
10.13 打杂的工作、临时的工作和真正的工作的差别 ··· 144
10.14 我必须写出剧本并且卖掉来交下月的房租 ····· 145
10.15 多少钱才够？ ·················· 145

第十一章　时　间　146

11.1 如何给你自己更多写作时间
　　——或此或彼的精力划分 ··········· 146
11.2 我怎么治愈晕船的 ··············· 147
11.3 怎么听到你自己的心声 ············· 147
11.4 让你的思维自己运转 ·············· 148

第十二章　地点和物件　149

12.1 贴身用品 ···················· 149
12.2 把工作场所设置在哪儿 ············· 150

第十三章　我该找个写作搭档么？怎么找？　151

13.1 未来写作搭档的和谐性测试 ·········· 151
13.2 谁是作者？ ··················· 152
13.3 证明你自己 ··················· 152
13.4 盟　约 ····················· 153
13.5 心如鹿撞 ···················· 153
13.6 破坏分子式搭档 ················ 154
13.7 对独自行动的胆小鬼的建议 ·········· 154

第十四章 对爱侣的指导：怎么关怀和培育一个"潜在"剧作家 155

14.1 什么时候供给空气和阳光 ······ 155
14.2 什么时候不要把爱的声明太当真 ······ 156
14.3 迟来的满足 ······ 156
14.4 危机处理技巧 ······ 156
14.5 从此以后一直幸福 ······ 156
14.6 如何给"杰克＆海德"相等的时间 ······ 157
14.7 相　信 ······ 157

第十五章 编剧的家庭启蒙书 158

15.1 你自己如何蜕变 ······ 158
15.2 你需要他人怎么对你，感情生活多项选择小测验 ······ 159
15.3 盛宴或饥荒 ······ 159
15.4 当你没法上床睡觉该对爱侣说什么 ······ 160

第十六章 内心障碍 你为什么停下，怎么才能继续 161

16.1 学会利用你的恐惧 ······ 161
16.2 矛盾重重 ······ 162

第十七章 没有所谓的创作瓶颈 164

17.1 创作瓶颈只是你的幌子 ······ 164
17.2 我们总自以为是 ······ 164
17.3 从杰作的阴影里解放出来 ······ 165
17.4 这是世界上最糟的感受 ······ 165
17.5 创作瓶颈的好处 ······ 166
17.6 我在哪？为什么这么难受？ ······ 166
17.7 自己说服自己 ······ 167
17.8 怎么不再给自己退稿条 ······ 167

17.9 怎么知道你的思维想休息 ······ 167
17.10 100 种轻松方式 ······ 168

第十八章　高级臆想症，一种慢性病　169

18.1 如何辨别是神经过敏还是剧本磕绊 ······ 169
18.2 臆想症 ······ 170
18.3 成为一名作家的症状 ······ 170
18.4 在第 90 页你为什么得流感 ······ 171
18.5 臆想症的非权威和非医学解释 ······ 171

第十九章　阶段与时期　173

19.1 决定101 ······ 173
19.2 如果你害怕前进 ······ 174
19.3 少想多做 ······ 174
19.4 当情节复杂起来 ······ 174
19.5 1000 页纸扉 / 如何划分和克服 ······ 175

第二十章　文思堵塞怎么办　176

20.1 这不是考验 ······ 176
20.2 A——Z 等于 B ······ 177
20.3 如果不可能,就别做了 ······ 177
20.4 允许停下 ······ 177

第二十一章　你的梦　179

21.1 关于幻想的事实 ······ 179
21.2 嫉　妒 ······ 179
21.3 如何使梦想成真 ······ 180
21.4 梦想和目标的区别 ······ 180
21.5 某天是什么时候？ ······ 181
21.6 无过失的生活 ······ 181

第二十二章　行　动　182

- 22.1 只管去做吧 ………………………………………… 182
- 22.2 关于内心敌人的结语 182

Part 5　结束语

第二十三章　没有哪个行业像娱乐业　185

- 23.1 多疑症 ………………………………………………… 185
- 23.2 我怎么找到一个经纪人？ …………………………… 186
- 23.3 我需要一个经纪人么？ ……………………………… 186
- 23.4 在找到经纪人之前该做什么？ ……………………… 186
- 23.5 我住水牛城,能在好莱坞取得成功么？ ………… 187
- 23.6 怎么知道你何时才算入行了 ………………………… 187

- 后　记 …………………………………………………… 188
- 译后记 …………………………………………………… 189
- 出版后记 ………………………………………………… 190

Part 1

全书概貌

《死亡诗社》(*Dead Poets Society*, 1989)

Chapter 1
承诺,承诺

PROMISES, PROMISES

你想写一个电影剧本?恭喜你,你算找对门了!

"内心电影之道"会带你从起点——你的精彩想法,直奔终点——一个完成的剧本。两点之间内心之道最短,你不必绕远儿走冤枉路。

这本书包罗了你需要知道的有关结构、内容和人物的一切,它甚至告诉你如何在打字机上设置TABS键。

"内心电影之道"会帮你发现你想写的是什么,然后协助你完成它。

1.1 怎样运用这本书

这本书跟一部剧本一样,分为三个部分:开头、中间、结尾。开头是**准备**(set-up),中间是**行动**(action),而结尾是**结局**(resolution)。首先我们一起为你的故事做准备,之后你将写完整部电影。别担心你在完成剧本的整个过程中遭遇的所有障碍,我们会将它们一一解决。

开始:怎么准备

在这个部分,我们会弄清楚你写剧本所需要的一切。我们会找到你的故事、你的人物，找到最适合你故事的结构，然后还让你知道它在纸上应该是个什么样子。

下面略举几例：

- 怎么知道你的想法：

  练习——找到你想说的

  行动——把它说出来

- 怎么知道你的想法是否适合写成电影？

  确定你的想法是否更适合用歌曲、戏剧或者小说来表现，而不是一部电影。如果情况真是如此，该怎么办？

- 怎么通过2页纸变成一个技术专家？

  只需用你的打字机打出一份2页纸的图示。有了它，你就能掌握你需要知道的一切剧本格式。

中间：21天写完你的电影剧本

在这一部分，你要写剧本了。从你的心出发快速地写出一份自由初稿，然后用你的脑进行改写。这个章节会告诉你完成剧本需要采取的所有步骤。

你能在书中找到以下这些问题的答案：

- 我怎么把我的主角弄丢了？我怎么才能把他找回来？
- 我的故事到底是什么？我总是忘记。
- 怎么什么事情都没发生？
- 我怎么才能让我的人物像真实的人们那样讲话？
- 我知道开头，我也知道结尾，可现在我怎么才能从开头到结尾？

在你写电影的这一路，我们都会手牵着手，一步一步地前进。你甚至还会学到：

- 怎么知道你何时才算真的大功告成了？

  准备好只能在剧本完全写完后回答的测试问题。

- 怎么找到两个人试读你的剧本（不包括你的亲友爱侣）？

准备好你问读者的问题，用来测试你是否已经说出你想说的话？。

准备好让读者问你的问题，用来测试你是否已经到了讲述你的电影的最佳方式。

结尾：直面难以克服的障碍

在这一章节我们将揭秘这一路你可能会遭遇的所有障碍、疑问或具体困难。

没有哪一本编剧书会谈及这个事实：你以为你会栽在这个剧本上。通过这个章节，你会明白自己为什么会停下。只有找到原因，你才能采取行动，继续前进。我们会论及：

- 当你认为你没法前进的时候，如何继续？
  你可以让你的爱人对你说一段告白。
  信心助涨法。包括："怎么给你自己写一封粉丝来信。"
- 为什么你必须相信你能办到？当你不能的时候该怎么办？
- 为什么写到第 90 页时你会患上流感？
- 练习保持前进。挑出一个问题、挑出十个问题——不要停下。

如果困难实在太大，你就是没法继续，本书还包括了如下这些细节：

- 把你的工作区域安排在哪儿？
- 怎么规划你的工作时间？
- 当你没法上床睡觉的时候，怎么跟你的另一半解释？

可能你最迫不及待想看到的部分是你会挣多少钱。在"没有哪个行业像娱乐业"一节，你会找到下面这些问题的答案。

- 我是不是需要一个经纪人？
- 我怎么找到一个经纪人？
- 找到经纪人之前我该做什么？

我们甚至走得更远：

- 我怎么知道自己什么时候才算入行了？
- 如果我住在水牛城,能在好莱坞取得成功么？

本书提出了所有你未曾想到的琐细问题,也回答了所有你已经想到的问题。

我们不会说"这个的定义是"和"那个的意思是"。你只要有一个正确的开始,用不了多久,在你还在担心如何开始之前,一切已经结束了。

所以,拿起一支铅笔,一张你还不知道怎么填满的白纸。我们准备要写一个电影剧本了,一部内心电影。

Chapter 2
什么是"内心电影之道"?

WHAT IS THE INNER MOVIE METHOD?

我在编剧协会(Writers Guild)的一个同事听说《21天搞定电影剧本》一书后说:"你怎么了,疯了么?你哪怕花再多时间,也写不了一个剧本。"

这是一个秘密:我的同事是对的。

然而有数以千计的人正努力做着这不可能做到的事。

这就是"内心电影之道"诞生的原因——找到让不可能成为可能的方法。

"内心电影之道"用一句话表达就是——用心写,用脑改。

既然大脑清醒的人说没法写出一个剧本,那我们就不用脑,我们用心来写。

你的心远比你想象中的聪明,它知道你想要写的电影是什么。所以我们绕开所有的疑问和困惑,绕开生疏的形式,我们直奔心灵。

2.1 怎么让你的脑听从于心

写作是一种分裂状态,因为它需要动用你的不同部分。你的心,它已经感受到你的电影,而你的脑,则要把它呈现到纸上。

人类其实一直处于这种分裂状态:我们就像一个高超的杂耍高手,必须同时兼顾我们的左脑和右脑、意识和潜意识、分析力和直觉力。

我们生命的和谐就来自于对自己身体的不同部位的平衡，并知道该何时运用每个器官。

创作的时候，我们就运用了四种不同模式：

研究　将对象全部吸收，进行研究，提出问题，找到联系，从无意义中发现意义。

创造　来场头脑风暴吧。和素材嬉戏，摇晃它，嗅闻它，倒过来打量它，突破思想的界限，用新的方式从一切角度揣摩它。

决定　一旦你决定以何种方式看它，就要排除任何不能服务于你这种视角的可能，并将你决定采取的方式运用到极致。

行动　将它变成事实。安排，计划，执行。

这些模式不是线性排列的。这分钟你需要脑力激荡，下一分钟你可能就需要从头脑风暴中解脱出来，进屋来干点别的事情。

这些模式之间的跳跃是很自然的事。你的心知道什么时候用哪种模式，但是你的大脑总是不太相信。大脑认为模式转换是它的工作，所以会对心灵进行干涉，企图抓住阀门，干预整个自然过程。

这个矛盾不难解决。"内心电影之道"会分配给你的大脑一些它特别擅长的工作，这样就可以让它忙于应付而无暇他顾，把美妙的自由留给你的心灵，让它创造出一部伟大的作品。

"内心电影之道"给你的脑和心各自分配了特定的工作，这样一来你身体的各个部位都能发挥所长，而不会去干扰另一部位的工作了。

2.2 这些工作是什么？由谁去做？

你需要一些技巧来发现你的故事是关于谁的和关于什么的。

一旦你知道了故事关于谁、关于什么，接下来的问题就是怎么写故事。

你需要技巧来组织你的故事，使它有一个开头，一个中间，一个结尾。

你需要技巧来将你的故事呈现在纸上，让它看起来就像一部电影。

你需要练习以保证你的写作水平不断提高。

你需要哭泣时有一个肩膀倚靠,欢乐时有人和你一同庆祝。

分配给大脑的工作:

9分钟电影路标(The 9-Minute Movie)

在你动笔之前,就应该知道你的剧本的第1、3、10、30、45、60、75、90和120页都有什么。这好比一张地图,有了它你才能穿越第2幕的沙漠,不至于失去目标,迷失在白纸的海洋里。

2页图示(The 2-Page Picture Show)

第一次写剧本的人一大担心就是剧本的格式。事实上,剧本格式是所有事情中最简单的一件了。通过打印这2页图示,我们会让你成为剧本结构的专家。一旦你搭起了结构的骨架,就可以轻松添入内容的血肉。

分配给心的工作:

8分钟作者(The 8-Minute Author)

不必再去搜肠刮肚,苦思冥想如何进行描述、分析或猜测,这个方法能让我们发现你的心里有什么。

我们的方法简单之极,只要问问题就好。通过这种方法,可以快速读出你的心意。因为一旦我们绕开大脑,感觉就会有如源泉,不断涌出。正是这些感觉帮助你把电影剧本创作出来。

作为8分钟作者,你要自始至终和心底里的自己保持联系、息息相通,从而让你在最短时间内获得重大发现,明白自己真正想要什么、真正希望什么、真正愿意说什么。

你看到的这条线_____是需要你自己去填的。首先我们需要做一些小练习,其用意是为了让你每次都在8分钟内完成让你的电影从心里蕴酿到纸上书写的旅程,渐渐地它就会成为你正式写电影时运用的技巧。

你的年龄怎么泄露你的思想

你也许需要一些技巧来搞清楚这个故事是关于谁和关于什么的。这个章节说的是,我们电影中的人生主题其实是建立在我们特定的年龄基础上的。你可以对照书查到你自己的年龄段,你会发现你人生中经历的人生主题也正是你电影的主题。通过写这个剧本,相信你会找到这个问题的答案。

直面难以克服的障碍

你还需要一些技巧来排除困难,保持前进。在"直面难以克服的障碍"一节,我们会辨识你的障碍。无论它是外部障碍——家庭、工作、时间和地点,还是内部障碍——神经过敏、一再拖延、缺乏自信,都能对症下药找到"治愈它"的方法。

2.3 怎样在这21天里——突破这些困难?

首先你要做好准备。你要知道这个故事是关于谁的,关于什么的,它将怎么发生,在哪儿发生。你要找到一个视觉道具,然后开始头脑风暴,明确你的主角,想好片名、宣传语,并且确定你的工作场所。

第1天到第7天,你要迅速地写完一个自由初稿。我们会告诉你每天写几页,需要写些什么内容。你每天的工作不会超过3小时(经常会少于3个小时)。这样就可以不干扰你的日常工作和生活。

第8天你可以休息。

第9天你用来通读写完的自由初稿。

第10天到第17天,改写。你每天需要改写一定的页数,我们会告诉你每天改写多少页,写什么。

第18天到第21天,调整和润色你的剧本。

第21天你就可以庆祝剧本大功告成了。

这些天里工作时间有的短至10分钟,最长也不会超过3个小时。而且这3个小时不必是连贯的,只要合计时间达到即可,你可以把它分成若干个 8 分钟和 10 分钟。

我们不仅要让困难的事情变得简单,还要让它尽可能有趣。

2.4 碎碎念

一旦你的大脑不再碍事,你的心就能自由地致力于剧本写作了。我们可以从潜意识开始,你要做的就是让心里已有的一切跃然纸上。这看起来就像是自言自语,想到什么就说什么,其实这些自言自语却与一些深层的想法、念头丝丝相连,两相结合后它们就能共同创造出一幅新图景。

就像梦。一旦你明白它的意义,你就会恍然大悟原来它不仅仅是些五花八门、稀奇古怪的影像。梦,其实就是一场午夜场电影,旨在给我们讲述一个故事。

2.5 并置的力量

先举一个例子:

> **法兰克**
> 你的妻子怎么样了?最近你都没带她来过。
> **拉尔夫**
> 她很好。你听说了杰克要离婚么?

从这个简短的对话,你能猜到拉尔夫和他的妻子关系怎样么?你能体会将似乎毫无关系的想法放在一起就能讲述一个故事么?

在"内心电影之道"中,我们的第一稿是自由初稿。不用紧张,毕竟它只是自由初稿。之后我们会用脑来改它。我们打磨,修改,剔除。只要我们的心产生了一个自由初稿,我们的大脑自然会审读它,并发现它是关于什么的。

还是以梦为例。当你醒来,问:"这些是怎么回事?"你的大脑便开始试图解释它。但是试试这个——先把你记得的赶紧写下来。你会发现随着记录的增加,你会记起越来越多的梦境。之后,回顾你速记下来的这些内容,梦的意义自然就会显现。先用心后用脑,意义就会自然显现。你得先穿袜后穿鞋,不要弄错顺序。

2.6 别光说不练

这是一本鼓励大家参与创作的书。让我们一起讲故事,口头的或书面的,而不仅仅停留于阅读本书。让我们调动色彩、声音等一切视听元素和个人感受,来创作一部伟大的电影。你想加入吗?

我们所说的"内心电影之道"就是:不能,不该,也不要让你的理性思维阻碍你的行动。行动,除此以外别无他法。而要开始行动,你只要相信并跟随你的感觉就对了。感性写作的好处就在于,它会使写作过程变得更加轻松,因为感性思维贯穿你生活的始终,哪怕在你睡着的时候也不曾停止过。

2.7 使用这本书的意义

在这儿我本要彻彻底底、明明白白地给出关于"内心电影之道"的一个科学解释,但是,当你去电影院看一部电影,到电影开演之前,编剧并没有现身,告诉你该电影的内容。既然我们信奉"展示,不要告知",那就让我们直接与它相遇、相识、相知吧。三个星期之后,当你带着写完的剧本出现在好莱坞热门人物的聚会上,如果有人问你"什么是内心电影之道",你可以对他们大谈特谈你个人对其的理解。

现在你准备好了么？你需要的就是：

- 想写一个电影剧本的愿望。
- 一个想法，即使不太确定也没关系。
- 这本书。

我们出发吧！

怎么准备

《熄灯号》(*Taps*,1981)

怎么开始写你的剧本

A) 你起码得知道你想写什么。

B) 你起码得知道你想怎么写。

这些我们都将在这部分介绍完成。

在你开启这 21 天的写作之旅前,你只需要想清楚
- 你的电影是关于什么的。
- 你的电影人物是谁。
- 你的电影最想传达的是一种什么样的情感。

你还需要准备
- 你的写作地点。
- 你的写作时间。
- 你爱人的支持。
- 你的视觉道具。
- 你的幸运袜[①]。

一部伟大的电影即将在你手中诞生!

[①] 此处以及后面出现的幸运袜,都是编剧对自己的一种有利的心理暗示,比如有的人穿上幸运袜一天都会做得很好,不穿就没有信心,万事不利。——译者注

Chapter 3
写什么

WHAT TO WRITE

3.1 想法从何而来

物价飞涨,只有想法永远廉价,似乎一张毛票就能买一打。真正有价值的不是想法,而是你能用想法创作出什么剧本。

你的灵感可以来源于一个人物或者一个观点,也可以是你的亲身经历或报上读到的一个事件,或者是一个你想探究、解决的问题。

你该到哪儿去寻找故事?你的故事就来自你自己,你的内心深处。别忘了,人类的共性存在并体现于每一个个体身上。

3.2 我的故事是什么?我该如何去讲述?

所谓故事,无非就是某人发生了某事,所以你只要知道人是什么人,事是什么事。

你也许会如此理性、缜密地陈述你的意图:"我写的是一则寓言,它反映了与人类灵魂与生俱来的尊严有关的现代人的心态。"高屋建瓴!但是这类高谈妙论还是留到电影成功后媒体采访你的时候再说吧。别言必称人类，你写的只是某一个人。问问你自己："如果 X 事件发生在我的主角身上，他会怎么做？"

3.3 第一个任务

到目前为止，关于你的电影你都知道些什么？

想象一下你坐在影院里，大银幕上正放映着你的电影。不管你现在对这部电影想到多少，在脑海里跑跑片子，就像回忆你的人生经历一样，让它在你的眼前飞速闪过。

你也许会看到一些瞬间、片段和令人惊讶的图像。看，你对你电影的了解超出了你原有的想象。

当然，你也许什么也没看到。没关系，因为哪怕你没有获得视觉影像，你也许已经体验到了一种感觉，我们就可以从这种感觉出发。不管你看到什么或者感悟到什么，这"第一个任务"会帮助你明确并聚焦于最重要的问题。

3.4 我要写点什么？

如果你还在为怎样使你的电影更商业化绞尽脑汁，赶紧扔掉这思想包袱。你不必写得很商业，不必跟职业写手竞争去写《第 12 滴血》(*Rambo 12*)[①]，你要做的是写出一个只有你才能写出的剧本。那个从你内心喷薄而出的故事就是你"最商业"的剧本。你不必成为某编剧二代，你只需成为你自己，独一无二的你自己。作为一个作者，真正值钱的只有——你的**视点**(point of view)。

[①] 到 2009 年为止，好莱坞动作明星史泰龙打造的经典"兰博系列"只拍到第四集，这里作者以子虚乌有的"第 12 滴血"戏谑地泛指好莱坞一切商业大制作。——译者注

3.5 我的视点是什么？我该如何发现它？

所谓你的视点就是你看待世界所特有的方式，它基于你过去所有的经历和你此刻对它们的感受。

对同一件事不同的人可能会有截然不同的看法。举个例子：

从1岁开始，我和跟我同岁的苏西就是最好的朋友。7岁那年，苏西的猫逮住了一只野兔，对它百般折磨，直到我们插手制止。我们的邻居威廉先生为了让遍体鳞伤的野兔"脱离苦海"，把野兔淹死在水桶里。旁观的我和苏西事后描述这件事时，我说："与死神恶斗后，可怜的兔子淹没在我们的泪水中。"苏西说的是："在地下室的水槽接水时，威廉先生并没有把水桶装满。"

同样的故事，却有两个完全不同的视点。

电影中的呈现也是一样，没有所谓正确或错误的方式，只是视点不同而已。

你也许会问："这年头没人会为我个人的视点买单吧？"

你大可不必操心"他们"想买什么样的剧本，因为在找到剧本之前，连"他们"自己都不知道他们要找的是什么。

3.6 怎么判断你的想法是小说、电影还是一首歌——它们各自的特点是什么？

电影是视觉化的，它通过展示"动作"和"反应动作"来讲述故事，需要不断有事件发生。它一般不会局限在一间屋子里，电影里的时空是可以像弹簧一样自由伸缩的。在电影中，你可以自由穿梭于过去、现在和未来。

你的故事是将人物动作和外部事件视觉化地表现出来吗？如果是，你的故事就是一部电影。

如果你希望用深度谈话探究一个观点或者人物之间的关系,那么你的故事更适合写成一出戏剧。

如果你的兴趣是钻进人物的心里、大脑里,去探究他的潜意识和内心感受,那么小说更适合你,因为用小说可以随心所欲地刻画人物形象以及描写其内心活动。

如果你有一个**概念**(concept)——所谓概念就是一个足以涵盖你想表达的主题的清晰的观念,那么你该尝试写歌。一首歌就是一部迷你电影,有开头、中间、结尾,还有引人入胜的情节。它也讲述故事,阐述观点。很多电影的想法其实都可以浓缩成一首歌。

如果你决定写一个电影剧本,那么你必须用外在的事件来展示人物内心的成长。你需要的是展示,而不是告知。

3.7 决定你的故事主题

大家一直会问一个问题:"如果,那么;如果……,那么……"

这是一堂集体讨论课。先把这一节看完,然后利用书中介绍的这一技巧,想办法让你的故事成形。

我的侄女艾米找我帮忙。她要为SADD(反酒后驾驶的学生组织)写一个公益广告(付费的),我一口答应:"好,我们就利用开车从机场回来的这几分钟搞定它。"

内心电影定理:在你还没意识到时,你的故事其实已经开始了。

维:你想传达什么样的信息?

艾:不要酒后驾驶。

维:是针对青少年么?

艾:对。

维:那我们就从时间和地点开始。你想在哪个地点展示?在酒桌上,在车里,在事故现场,在救护车上,还是在葬礼上?

艾：我不知道。

维：得做个决定——即使它错了,最终也会将我们导向正确的方向。

艾：在葬礼上。

维：谁的葬礼？肇事司机还是受害者？

艾：这是为我们学校拍的,所以我不想暗示我们的一些学生酗酒。嗯,是一个外人撞了我们的一个朋友。

维：我们再把这点加强些。如果他们是在葬礼上谈论这起车祸,大家交头接耳,议论纷纷。这并不是什么新鲜的场景。在电影里我们可以直接诉诸于动作,我们可以把它前移或者后移。车祸的场景或者……如果他们是在医院里,那个男孩已被撞死,他的女朋友刚刚从牵引手术中醒来时,就被朋友们告知男孩已经死了。

艾：好！

维：嗯,车里究竟是一对情侣还是两个男孩或两个女孩？

艾：一男一女,他们是一对情侣。

维：让我们再想想是谁喝酒了。你希望是一个外人撞了我们的朋友,但是如果是我们的朋友自己喝酒是不是更有震撼力一点？

艾：这可能是最困难的情形——一个女孩必须告诉她的男友他喝醉了。告诉女性朋友会相对容易一些。

维：有道理！那我们现在直奔主题,为什么朋友之间阻止对方酒后驾驶会这么困难？

艾：但是我不想写这个。我喜欢写医院。

维：把你想要绕过去的地方记下来,有时它正是你故事中的漏洞或软肋。但是你还没做好写它的准备。没关系。跳过去好了。绕来绕去之后,最终你还得回去面对它。

艾：医院里,女孩儿醒了。

维：她叫什么名字？

艾：丽萨。还有一个男孩和两个女孩。

维：他们的名字是什么？

艾：第一个女孩叫……

维：叫她艾米。你是不是已经发现她会跟你的视点相同，所以你用你自己的名字给她命名。你对她熟悉得很，不用再去塑造一个新人物。

艾：另外两个叫卡克和辛迪。

维：他们是什么态度？

艾：卡克情绪激动，而辛迪哭个不停。

我们总爱绕着圈子讲故事。比如，我们从风言风语的对话场景（葬礼）开始，而不是从动作（车祸）开始；我们让次要人物（女朋友）来讲述，而不是通过当事人（酒后肇事司机）来讲述。

如果你真的决心写好你的故事，就必须往前迈一大步，让故事靠近、再靠近它真正的源头。**给故事安排一个主人公吧。**

维：我们能再贴近故事现场一些吗？这个故事是关于这个女朋友的么？如果换成那个醉酒驾驶者怎么样？当他醒来时，朋友们告诉他丽萨死了？

艾：不错，就这样。格雷格醒来后只担心他的车，他根本就不肯负责。

注意：这个故事是从哪儿突然有了生气？

全心投入，一点点地用画面填充这个故事。当你突然出现空白档的时候，问你自己一个问题。回答。然后继续向前。

当艾米确信自己已经了解了这个60秒短片的主旨，我让她闭上双眼，想象画面，而我在一旁从1数到60。这给了她一个真实的节奏。她能在规定时间内表达完自己想说的一切么？

接下来，车行驶在高速公路上，而艾米就在车上写出了剧本。

反酒后驾驶的学生组织
艾米·琳·金

淡入（FADE IN）

格雷格的主观视点

格雷格看见自己绑着绷带高高吊起的腿。医院的环境。琳恩、卡克和辛迪在房间里。卡克悲伤地望向窗外，琳恩抓着格雷格的手，辛迪在哭泣。当格雷格开口说话，卡克立刻从窗口奔回床边。

      格雷格
     （虚弱地）
嘿,伙计们……究竟有多糟？我的车彻底玩完了吗？上帝啊。我老爸会杀了我的。我毁了他的心头肉。我跟你们说大橡树路上的灯可真得修修了。

            转场（CUT TO）

格雷格和丽萨在车里——开着音乐
  他们正要驶过一个路口,交通灯突然由黄变红。格雷格手忙脚乱地从油门转踩刹车。

回到医院场景
      格雷格
如果不是那灯瞎眨眼,什么事都没有。
      卡克
     （愤怒地）
不关灯的事,格雷格。是你,你喝醉了。

            转场

格雷格和丽萨手挽手离开聚会
      卡克
拜拜！
      格雷格
     （口齿不清地）
再——见——

回到医院场景
      格雷格
如果我醉了,为什么你们没一个人阻止我开车？

琳恩、卡克和辛迪面面相觑,都一脸哀伤
      格雷格
     （继续）
丽萨可没认为我喝醉了,她当时和我在一起。你们为什么不去问她？

            转场

> 撞车
> 回到医院场景
>
> 　　　　　　琳恩
>
> 　　格雷格……丽萨死了。
>
> 格雷格的反应镜头
>
> 　　　　　　播音员（画外音）
>
> 　　酒后驾驶人人有责。
>
> SUPER OVER
>
> 　　"反酒后驾驶学生组织"
> 　　　　　　　　　完

要想了解你的故事，就要不断地问自己问题，然后回答并作出决定。如果你的决定并不合适，那就再换一个，直到真正妥贴为止。

3.8 你的故事是什么？

现在你能说出你的故事吗？我们要层层剥茧。不断提问"如果……那么……"，把到目前为止你所知道的关于故事的一切都记下来。开头是什么？中间是什么？结尾是什么？所有脑中闪过的零星念头你都要赶紧记下来。不用太详细，只要记下大概即可。这个阶段把某个场景做得太细致反而容易导致总体失衡。如果某个场景中的细节在你脑中挥之不去，那就把它们记在一张3×5英寸的卡片上，把它们归入"场景细节"一类（之所以要用3×5英寸的卡片，就是为了让你没法在上头长篇大论）。尽量使你的故事蓝图简明清晰。抓住重点，言简意赅。文字要有画面感："夜晚。风暴。沙漠。"用名词来描述画面，说"又大又豪华的房子"不如说"豪宅"。

现在给你8分钟，就用这种速写的方式来记下目前你对你的电影的所有想法和念头。

妙极了！很振奋？你对故事的了解远比你自己想象的多得多。

附注：如果这些你从来都没有做过，现在就开始吧。而且要预备打准备工作持久战。养兵千日用兵一时，当你真正需要用到它时，就会惊喜地发现之前的准备工作绝不是无用功。

3.9 关于谁的故事？

现在该来见识一下你的主角了。同样的方法：提出有关他的问题，然后回答。如果他是毕业于 20 世纪 60 年代的名校，那么他出生于哪一年？要把他写成战后的孩子么？问问你的女主角她自己是怎样的一个人？她会跟你对话。你要倾听她的声音，注意她的语气：是激动？惊恐？还是大方？冷静？

一部电影的调子其实已经决定了它的前途。当影片的基调发生变化，整个故事都会变样。艾迪·墨菲(Eddie Murphy)在《比弗利山警探》(*Beverly Hills Cop*)中的角色原本是想让西尔维斯特·史泰龙(Sylvester Stallone)来演的。想想如果让史泰龙来出演这部电影，这部电影就整个变样了。现在就来为你的电影挑选演员。你想让哪个演员来扮演你的主角？

3.10 展示，不要告知

在业界有一条剧本戒律：切忌内心自省。我们只能看到人物的行为，而看不到他的思维。人物性格只能通过动作来表现，而且通常，实际上是绝大多数时候，人类其实是言行不一，口是心非的。很多时候我们的行动并非发自内心，而只是在表演。当我们想哭的时候我们会大喊，当我们口中说是，其实心里的意思是否。所以作为剧作家我们得找到特定的表现手法来表现一个人的行动和他的内心意志之间的矛盾，而且还要让观众在观影时能解读我们真正想表达的含意，也就是所谓的**潜台词**(subtext)。潜台词就是隐藏在行为表面之下的真正含意。

举例说明。在威廉·高德曼（William Goldman）的电影《虎豹小霸王》(*Butch Cassidy and The Sundance Kid*)中就有一个很棒的场景。两个主人公即将踏上黄泉路——我们明白这个事实，他们也明白，而且他们知道彼此都明白。日舞小子说了这么一句台词：

> **日舞小子**
> 下次你说去澳大利亚，咱们就去澳大利亚！

听起来像是两个家伙命不久矣居然还痴人说梦地讨论他们的未来，其实这是一句男人之间的深情告别。嘴上说的是一件事，含意却比这深得多，威廉·高德曼是一位深谙此道的大师。

下面布置一个任务，从你今天的日常生活中发现潜台词，比如超市店员推手推车时，车轮从顾客的脚趾头上猛地碾过，店员嘴里的那句："祝您今天过得开心。"去观察、发现深层含义如何显现，相关场景如何演绎。

3.11 现在怎样？

很可能直到现在为止，你的故事还是七零八落。现在来看看你的故事到底在讲什么。我说的是主题。你可能知道你的主角是个侦探，他正在追捕凶手，但是他为什么要这么做？你又为什么要写这个故事？故事的主题是什么？

我很高兴你能问这些问题。

3.12 你的年龄怎么泄露你的思想

不管我们的人生之路如何迥异，在特定的年纪我们总会关注特定的主题。

"内心电影之道"把这一发现充分利用、发扬光大。你只要留意正视自己的年龄,就得以洞悉你电影的主题。在和数以百计写出内心电影的人士探讨之后,我发现主题其实就潜藏于"人生之旅的写照"。

年龄的主题将会是你找到你内心电影主题的钥匙。

3.13 人生的隐喻

你的故事其实就是你人生的隐喻,你笔下的人物就是你自己。这并不意味着你的故事只能是一个正在写剧本的编剧的故事,而是说你最关注的人生问题会在你的故事中出现并得到探讨。

在你写故事的时候,你会不知不觉地这样做。故事其实就是用个性来说明共性。你对你自己这个个体了解得越清晰,你讲述的那个故事也会越有力,越普适于大众。

主题虽是具体而特定的,却有无穷无尽的普适性。只要你明确了你的主题,你就会有力量排除一切困难将它进行到底。

3.14 人生之旅的写照

下面为你提供一张人生速记表,用来帮助你找出你的人生议题,它会对你要写的故事产生深远的影响。

摇滚年代

我们从 17 岁开始。你应该体验过那种试图找到平衡的感觉:你一边努力跟上成人的脚步,一边尝试发现自我。你的电影可能是关于初恋的——既残酷又美妙,既伤痛又甜蜜。

到了 19 岁,你的人生主题渐渐转向"到底什么是最重要的"。你总是以一副疏离而直接的方式对这个世界品头论足。你的主人公可能是个态度鲜明的强势人物。

"我特别么？我很特别。我不特别。"

20岁出头，主题变成了"我很好，但世界很糟"。年近30，演变成了"我很好，世界就那样，但是我们该如何融入这世界？"

在你20多岁的时候，你是一个为了赚钱努力奋斗的女人么？你买车了么？是不是说到车就得扯出你老爸？这确实是很多父女之间的联系所在。你的车一坏，你就会给老爸打电话，而你的车老是坏。或者你的新车是老爸帮你买的单。这是一个矛盾重重的时期——你在金钱和情感之间举棋不定：是让一个家伙来照顾你，还是自己照顾自己？

20多岁时你会乐于卸去多余的负担，你得作出抉择：哪些是真正属于你的信仰，哪些是你的长辈强加于你的，哪些是毫无必要的。当然你的自我并非固若金汤，一些事情常常会让你的情绪起伏波动。你的电影中可能会让这个世界终结，因为这样你才能更加热爱这个世界。可能有一个"训诫"的场景，至少有个30多岁的人物会被设置得像个小丑。你想展示腐败、高尚和堕落。你的主角颇有几分理想主义，他会被引诱去"背叛"自己的理想，但他还是抵制了所有诱惑，并且最终赢得胜利。

20多岁的年纪是美好的，然而你很难发现自己真正想要什么。你真正明白自己想要什么得等到35、36岁。

未完成的成长课题

30出头，你的人生主题之一是如何处理与父母的关系。其实这是一个从十几岁开始延续至今的未完成的成长课题。仿佛就是一场对战："你父母是什么样的人"VS"你是什么样的人，你想成为什么样的人"。这场你与父母的对战是你的自我保卫之战。你希望得到他们的认可，但是又认为只有孩子才需要得到他们的认可。而你已经不是孩子了——你也会老，会死。在这个阶段你会真的长大成熟甚至超过自己的父母。当然你的故事中并不一定会出现一个父亲或母亲来现身说法，可能你会用其他一些权威人物来代替，甚至是一个大魔头。如果你写的是一个凶杀悬疑故事，那可能是因为你对父母的反抗情绪很强烈，而电影正是你抒发情绪的佳径。

30岁是一个转折点，就像剧本中的第30页一样。不管之前你在干什么，都会发生彻底的改变。你踏上了一条完全不同的路，尤其是工作和爱情。突然之间，你发现了一些对你来说真正重要的东西。

对男人来说，最有趣的年龄段之一就是他们30出头的几年，他们突然迫切地想在35岁之前界定自己的男子气概。这是你觉得必须证明自己的时期："这〔那〕正是未能成功的原因"；"时间不多了"；"你必须实话实说了"。这是优秀剧本的多产时段。你有一个想法长期郁积在心底深处，熊熊燃烧，正欲喷薄而出，就像纪录片《大家伙》(*The Big One*)[①]那样，但是你并不确定是否应该把它写出来——或者写另一个更"商业"的剧本。勇敢奔向你的《大家伙》吧，否则你将在50岁的时候陷入困境，最终还得折返回来一偿未了的夙愿。

你不大会去写"去做还是去死"这样生死关头的主题，因为虽然你觉得你不做就会死，但事实是你不做也不会死。一旦剧本教给了你这重要的一课，你已经为你的下一个剧本定好了主题——当你没什么需要证明的时候，你已经证明了一切。当然那会出现在你年近40的时候，一般是在37岁，你开始知道你一切都不错的时候。

对于女人来说，35岁到40岁是爱情主题的上佳时段，因为你正在探索与伴侣维持关系的新方式。如果你的人物是一个情场失意者，那么是时候结束这一切了。"该看我的了。"

年近40，如果你还没做自己想做的事，这个时候你会选择去做，因为你希望能赶在40岁之前"梦想成真"。

盛放年华

40岁是一个重要的时段——如果你想成为自己想成为的那种人。这是一个评定个人价值的时段。比如，一个男人会买一艘帆船或一辆跑车来奖

[①] 1997年由迈克尔·摩尔自编自导的一部纪录片，迈克尔·摩尔通过此片辛辣揭示了大商业交易中不道德的行为和美国政治家的冷漠。——译者注

励自己经济方面的成就,男人需要"达到预定目的"。

女人40岁的主题则更关注她们自身的力量,来"巩固已经拥有的一切"。

人生其实从40岁才真正开始,因为你终于可以松开勒得太久的野心的缰绳了。

现在重要的已经不是你如何适应这个世界,而是你为自己创造了一个什么样的世界以及你为这个世界贡献了什么。

到底什么时候是中年?

年近50之时,主题往往反映的也是你此时萦绕于心的念头——"我已经尽力了么"或者"就是这样了么"。

身体方面则在"我快散架了"和"我从没觉得自己这么年轻过"的两极之间摇摆。一个40多岁的作者笔下很有可能写出一个十几岁孩子的母亲决定去参加马拉松比赛的故事。这个故事可以说涵盖了这一时段的所有人生议题——体能、毅力、成就、希望。这个时段也容易诞生和年轻情人堕入情网的爱情故事,或者一个挣脱羁绊的故事,比如一个行政高层离开他事务缠身的公司,走向自然原始的丛林。

新的开始

到了50岁,你常常会走回自己的老路。这时会是怎样的情形呢?

你会在思想上有一个转变,会乐意搞点大动作,或者至少会有一次异国假期。你的电影主题会转为一个更具探索性的新领域,而有些所谓的新领域其实就是你曾在人生旅途中放弃的。比如,如果你在30出头的时候没有写《大家伙》,现在你会回头去写。是时候改写你的历史,追求你真正想要的东西了。如果你是男人,你的主人公可能30多岁,正经历人生的考验。如果你是女人,你可能正在经历"空巢"综合症。当你看到自己最小的孩子奔向人生崭新的可能,同时却眼见自己人生的可能性在不断减少,这种"空巢"感会无比强烈。这是你上佳的"复活时刻",现在该轮到那个你曾错过的自己上场了。

跟你讲讲露丝的故事,她决定把外婆的债券兑现,做些特别的事,但却不知道这事是什么。她把能想到的 100 项"复活"活动列表——包括买 1000 朵黄玫瑰，也包括把化油器修好。几个星期后，我收到她从加勒比寄来的明信片：我正用外婆的债券玩潜水。爱你的露丝。

如果你是一个孩子已经长大离家的女人，最好把你熟悉的东西写下来。别以为它一文不值，别老觉得你必须写侦探惊悚片。

我就是我

如果你到了 60 岁，你的主题之一就是回忆。你历经岁月的磨练，具备了深远的视野。如果你觉得还没有做过你一生中真正想做的事情，这时你会有一种紧迫感：绝不能带着遗憾入土。所以你的电影可能会关注一个"追寻——获得"的主题。但是那些 60 多岁的作者笔下故事涉及最多的主题，同时也是我最青睐的主题之一，即："就是这样了。如此而已。就这么多了。"

视　野

到了 70 岁，我们对人生的感悟更深。是时候问"人生到底是什么"这个问题了。70 多岁作者的电影主题总是以独特高妙的视角看待"人生中什么才真正有价值"这一命题。当然，还会探索一些关于不朽和健康的主题。

外部环境

在任何年纪我们都可能陷入情感的旋涡里无法自拔，这也会影响我们的主题。

比如，你已经 50 岁了，但还是可以回去安抚 10 岁时父亲过世给你留下的内心伤痛。

如果你还在为曾让你人生脱轨的某事心怀愤怒，你的主题可能会揭示对复仇的渴望，对赎罪的期求，或者对公正的义愤。你也许想写一个揭露腐败的故事。

悲痛也是一种强大的写作动力。你写的是一部关于你和某人之间关系的电影么？

性别因素

男人与女人切入主题的方式有很大差异,女人倾向于通过描写与他人的联系来实现故事的完整性,不管是(a)需要找到他人来达到完整性,还是(b)决定与他人分开以寻求完整性。因此女人的电影主题总是与他人有关。男人则倾向于通过对自己的考验——一个必须由他全权决定能否通过的考验,来达到完整性。男人的考验让他与他的生存环境产生竞争,而女人的考验则是让"她对自己的感受"与"她与他人的关系"发生角力。

男人的思维是直线性的。事件 A 导致事件 B,由此又引发了事件 C。女人的思维模式则是横向的。比如,一个主妇可以一边做三明治,一边找袜子,同时还对着丈夫和孩子唠叨。如果是一个男人周六和孩子待在家,他就会一件件地来做这些事,洗衣服,然后做午餐。了解这些将对你塑造人物很有帮助。

你的主角

咱们别再兜圈子,打开天窗说亮话吧:你的剧本主人公就是你自己。对照这张年龄清单沉思片刻:你当下最主要的人生议题是什么?你在寻求什么?你想找到什么?把你的渴求、你的需要和你的主人公想要的、需要的联系起来。

怎么虚构一个真实的故事

我们总是屏蔽掉那些我们已知的,并且设法去了解那些我们尚未知晓的。你的电影主题其实就是你现在坐下来写作时自己正在经历的事情。

但是不管你选择写什么,可以肯定的是它对你来说一定很有意义。**内心电影定理:虚构恰恰是一种讲述真实的方式。**

你想说的已经迫不及待地准备从你的内心涌出,之前你也许不知道为什么要写它,或者它对你意味着什么,但是往下写你就会发现其中真意。

作者提问

问:我们写的剧本总是跟自己的人生有关么?

答:是的,你不由自主、自然而然就发生了。剧本写作相当艰苦,如果你只是写一个跟你一点关系都没有,子虚乌有的虚构角色,你会觉得受的那些苦很不值得。

问:那么我的主人公常常会变成我么?

答:对,而且你会发现你在自觉自愿地为你的主角保守秘密。其他所有人物形象都会比主人公更清晰明了,因为他们是真正外在于你的。具有讽刺意味的是,男主角或者女主角反而被弱化了,这恰恰是因为他们显然代表了你的一部分,你对他们了如指掌。要想突出你的主角,你只能选择描述真相。

3.15 怎么找到你的中心人生议题

如何才能洞悉你的中心人生议题?基于你年龄的主题,现在回答这个问题:"你在追求什么?"

3.16 回答这些问题

> 你的人物形象是谁?告诉我们到目前为止你已知的他的所有信息。
> 他/她想要什么?
> 他/她在追求什么?

回到你自己。既然这个人物是根据你的形象塑造的,那么就投入其中,把他变成你。换句话说就是:不要隐藏、伪装他的欲望与感受。你会找到关于你故事的想法和感受,而这想法和感受能告诉你什么是真的情感。**内心电影定理:不要写违心虚假的东西,除非你想写得很糟**。用你的心写作。你的心比你的脑还要睿智。写出这部由你出演的电影。

如果你认为你没有故事,那么问问你自己:

为什么你要写剧本?

什么是我想探究的中心问题?

我希望观众对这部电影有什么反应?

主角是谁?

他需要什么?

他想要什么?

我为什么想要写这个?

为什么这个故事对我来说这么重要?

为什么我要描述这样一个故事?

通过探究这个主题,我认为自己能学到什么?

如果你能回答这些问题,那么你已经上路了。

3.17 动笔之前我如何了解我的人物形象

对你来说,怎么习惯怎么顺手就怎么来。有的人用写 20 页专题报道的方法给某个人做小传,也就是这个人的**背景故事**(backstory),对于那些不以人物为主导①的作者来说,这是很好的法子。其实作为剧作者,最好的方法是不断问自己关于这些人物的问题,然后找出答案。

你要知道你的人物形象是从何时何地开始活跃于你眼前的,并在你的脑海中不断地想像他们。也许他们是以统计学数字的方式来到你的脑海中——生日、体重、有几个孩子——或者以他们的性格类型——快活、开朗。哪个演员适合扮演他?找到一个适合他的形象,再找到他穿的衣服或者其他对他有意义的东西。还可以写一个场景让你和你的人物见面并熟络起来。

---

① 在戏剧理论中,有一种故事分类。有的故事以人物性格为主导,如《哈姆雷特》;而有一种故事,人物性格从开头即固定,主要是以不断出现的事件导引故事推进,如《福尔摩斯》。——译者注

如何以电影化的思维构思

即使你已经阅读了所有写作手册,参加了所有写作研讨班,可你终究还是第一次写剧本的生手。"你是生手"这一事实会导致两个现象(a)你对要做什么毫无信心;(b)所有想法都在你的大脑中盘旋,让你更加迷惑。这就像你在大脑中跳踢踏舞:你掌握了所有理论,所有步法,但是你的脚还是不听使唤。所以把所有类似前提、冲突、主题这些概念统统抛到脑后,等到你改写剧本的时候再想,现在咱们去轻松一下……

上电影院

因为(a)你在电影方面已经是一个权威了,你已经看过了数以千计的电影;(b)电影会告诉你现在需要知道的所有事情,所以现在让我们发挥一下你的创造意识。

找一部你真正想看的电影,记得戴上手表。下面的内容是你要留意的:

在你走进电影院之前,先关注一下大厅里的宣传海报,就是外面陈列橱窗里的电影广告,既有海报图示,也有**宣传语**(logline)。宣传语就是一种广告宣传,告诉你这部电影的主要内容(比如,《神秘约会》[*Desperately Seeking Susan*]的"这两人承受着如此暴虐的人生")。一般来说,宣传语是在参与电影的每个人都收工回家很久之后,由广告部门来完成,但是它却是你对即将看到的电影的第一印象。从这些广告宣传画你想到什么?你在这些信息里发现冲突了么?比如,在宣传画上一般都有几幅剧照,这些照片的情绪与形象跟广告宣传的吻合么?尽量精准地表达你由此想到的故事是什么样的,然后再用这个广告想一个完全不同的故事。现在想想你自己的电影。你的宣传语是什么?

好了,现在你可以走进电影院了。一边走一边注意观众——都是哪些人来看这部电影?用人口统计学的概念。孩子?家庭成员?35岁以下的夫妇?这部电影是什么类型?动作历险片,爱情喜剧片?如果它是一部高预算、构思巧妙的商业巨片,人们观看它就是为了彻底娱乐一把,他们就会捧着大号爆米花进场[①],不过在电影开始前就把它吃完。这都是你需要知道的信息。这是你想写的电影类型么？哪些会是走进影院看你的电影的潜在观众？这是一部众星云集、大制作的重磅影片么？或者你希望自己的电影是一部在小型艺术影院放映的靠口碑相传的电影。在影院里做个决定：到底哪种类型的电影更适合你去创作。在电影还没开始之前，你已经有了一大堆关于这部电影的信息。人们来到这儿，掏腰包，置身于一片黑暗中，眼前展现的是一个新的世界。看着银幕：现在这块大帆布属于你，你要把什么内容展示上去？

把你对你的电影所知的全部写下来——看，你知道的还真不少。

现在回到你的观察对象——这部电影吧。

淡入

把电影开场的时间记下来，电影中的 1 分钟对应剧本里的 1 页纸，所以 10 分钟就是 10 页纸。电影开始后的半个小时则对应着剧本第 1 幕终点暨第 2 幕的起点（不必给自己掐表，剧本写作是一门艺术，这些准则只是有助于你了解叙述故事的基本方法，但绝不是用来恫吓你的心灵，不让它说出真正要说的话）。

在电影的第 1 分钟你就能得到很多信息：这部电影是关于什么的，你是否喜欢它。甚至，电影一开始你就已经知道问题在哪了。它是否会像你想的那样，它的视点是什么样的，是的，你立马就知道了。

我们现在做的就是了解电影的制作，这样你才能写出一部更好的电影。你不是去当只说不做的批评家的，所以不要去评价或者批评正在发生的，而是把哪些动作有效，哪些动作不怎么管用都记下来。不断地问自己：你知道这个故事是什么吗？我是不是该在这个场景里展示更多？我知道这个故事是关于谁的么？

---

① 看商业大片，美国观众观众会事先准备好一大桶爆米花，而在看文艺片时就不大会出现这种情景。——译者注

第 1 分钟

你会看到地点、时间和氛围(寺院、冬季、不祥的氛围)。这是一部大制作么——用**大远景**(large vistas)拉开序幕？或者它只是一部关于人与人关系的电影——对一个化妆师进行**快照式的摇摄特写**(close-up pans of snapshots)。影片的规模、视野和感觉要在这 1 分钟里让人一目了然。

那么节奏呢？如詹姆斯·邦德(James Bond)或者印第安纳·琼斯(Indiana Jones)系列影片中那样令人心跳加速的喧闹狂欢？这是一个难题。两三分钟的狂欢确实能加速你的肾上腺素分泌,但于故事情节却丝毫无益。如果你写的是一部犯罪电影,那在你剧本的第 1 页就该有桩罪案发生。

在第 1 分钟里你还可以了解电影的视点。在克林特·伊斯特伍德(Clint Eastwood)的电影里:"这是个肮脏的世界,但有人想为他人带来安全。"所以我们看到黑暗的街道、凶恶的歹徒。恐怖片则会营造一个你相当熟悉、一眼就能认出的环境,这样恐怖事件发生时,我们更能感到威胁。比如,《精神病患者》(*Psycho*)中阿尔弗雷德·希区柯克(Alfred Hitchcock)选择让珍妮特·李(Janet Leigh)在浴室里被凶手刺死。如果这场凶杀是发生在豪华轿车里,估计被吓着的就只有富人了。

我们正获得信息？我们正渐渐熟悉剧中人物？主角对待他周边环境的态度如何？电影希望我们接受的是哪种态度？如果是一部喜剧片,那么就该有个笑话来界定整部影片幽默的特点。它有么？

这些都是应该在第 1 页就找到的信息。除此之外,你还有什么发现？看好时间,所有这些信息都是在第 1 分钟内给出的。

现在你该明白了你的故事在第 1 页就要开始,你要向我们展示地点、时间、基调。

如果是部好电影,我们还会知道它是关于谁的,这个问题的答案我们不必等到第 3 页才揭晓。

第 3 页有什么?

告诉我们这部电影在接下来的两个小时里要探讨的主题是什么？在《唐人街》(*Chinatown*)里罗伯特·唐恩(Robert Towne)对吉提斯(Gittes)说:

"只要你有钱就能逃脱法律的制裁。"

你能在你剧本的第 3 页对话里找到一句话概括出一个中心问题么？之后所有场景都建立在这个中心问题之上。

第 3 页到第 10 页发生了什么？

留意一下电影用了多长时间抓住观众的眼球，从哪个场景开始所有观众被电影吸引——第一个笑话？倒吸第一口凉气？有么？记下到底有没有，也记下观众中是否出现过意见分歧，以及哪一个场景让观众觉得难以相信。

我们需要在第 10 页之前知道的事

询问自己以下问题：这个故事的主题是什么？这个故事是关于谁的？他或她想要什么？是什么阻碍了他获得自己想要的事物？我喜欢她么？我介意她获得自己想要的东西吗？我是否对接下来的情节感到惊讶？

如果到了第 10 页还没交代清楚人物、事件和地点，它可能就会失去观众了。留意观众是否开始有点坐不住了？

从第 10 页到第 30 页，我们希望在第 10 页提出的挑战基础上再提供点新信息。我们要知道我们的主角在追寻什么，我们还要知道是什么妨碍他得到他想要的。

现在让我们来留意场景。也许电影开场很漂亮，一切都不错，但是 20 分钟以后，你看到了一个场景，它并没有推动故事向前发展。换句话说，它既没有给出新的信息，也没有出现新的人物，它一直重复着你从之前场景已知的东西。我们应该直接进入重点。如果你希望人物 A 掌掴人物 B，而不是 A 停下车，走进大楼，乘坐电梯……镜头应该直接切到那一巴掌。这就是**运动**（movement）和**动作**（action）的区别。如果停车对故事推进一点用处都没有，那就删掉它。在喜剧里，从一个场景切到另一场景常常能作为一个包袱来抖。比如在《窈窕淑男》（*Tootsie*）中，一个场景是经纪人告诉迈克尔他"永远也别想在这个城市里找到工作"，下一个场景便切到迈克尔男扮女装摇身一变为多萝西走来试镜。

第 1 幕转折点

现在已经到了电影的第 30 分钟，要有一个事件发生将英雄①送往第 2 幕。这个事件是什么？英雄被迫作出何种反应？

第 2 幕的隐喻

看你能否找出第 45 页的场景——它往往是一个带有象征寓意的小场景（如果是讲一个女孩的成长，我们会看到泰迪熊玩具脸朝下，被扔在靠窗的座位上，旁边则摆着化妆品）。这个场景为我们提供了一个通往结果的线索。

临界点(the point of no return)

注意：观众席发出窸窣之声时，正是电影中的动作休憩点。它往往出现在英雄更加坚定自己的追求，不惜对抗所有阻碍并接近他的目标之后。这一场景是在第 60 页。而过了第 60 页，应该有一个比较轻松的时刻，它对推进动作用处不大，但是它给了观众一个得以在故事情节中喘息的机会。这也是个很好的机会来展现英雄是如何发生变化的。你能在电影中找出这个场景么？从这以后，英雄遇到的阻碍开始逐步升级。

新发展

到第 75 页，尽管英雄对自己的目标矢志不渝，但是看起来他成功的机会十分渺茫。他差点儿就要放弃了。看看影片中是怎么处理的。换成你，你会怎么处理这个场景？到第 90 页，一件突发事件"教育"了主角，从而让主角比刚开场的时候多了什么，或者有了点什么变化（这点很重要。如果从一开始他想要的和他最后得到的完全一致，压根儿一点变化都没有，那其间

---

① 在欧美叙事文学传统中，追溯到古希腊史诗时期，英雄就是主角的别称，而现代叙事论著一般也都沿袭着这一传统，如叙事理论经典《千面英雄》，其实在西方英雄与主角根本不可分割，如果不是英雄，似乎也不可能成为主角。——译者注

经历的这九九八十一难也就没啥意义了。得让主角从这一路的经历中学到点什么,改变点什么)。他改变了么?如果是你,你会怎么展示他的成长?是不是又有了新的难题出现在主角的面前?

高潮部分

第3幕的事件把赌注加码了。主角越来越接近他的目标,似乎已近在咫尺。但是他必须面对最后的障碍,他面对着必须放弃所有、孤注一掷地追逐目标的境地。这样就构成了一个危机点,危机就是他拥有的一切都可能失去。由此抵达最后一刻——拥有一切或一无所有,因为他最后的动作可以改变他或赢或输的命运。这些都发生了么?你毫不犹豫地站在主角一边么?最后的结局让你意想不到么?

结 尾

刚刚发生了什么?你的感觉如何?电影回答了它提出的中心问题么?你是否满意它的结局?当片尾字幕出现的时候,你最大的感受是什么?你从中学到了什么?

希望你的观影乐趣也增长了十倍。

附注:你最喜欢的那些电影也许并没有上面所说的这种路标式事件和教材式结构,但是它们依然深深地打动了你,而且影响深远。如果你的目标是深深地打动观众并且深远地影响他们——你可以做到的。但首先你得了解编剧这一行的基本技艺。你对编剧技艺越熟稔,成功系数也越大。

好了,现在回家吧,我们得说说你的宣传语了。

宣传语

你的宣传语就是把你的故事压缩成宣传广告,告诉别人你的电影是关于什么的,而且要尽可能激发人们想看这部电影的欲望。在报纸上找到影院广告一栏,看看那些电影广告,学习它们的宣传语。下面摘录了几条:

- 《乞丐皇帝》(Down and Out in Beverly Hills):一个脏乞丐遇上一

个恶阔佬时会发生什么?
- 戈尔蒂·霍恩的《小野猫》(Wlid Cats):她的美梦是当高中足球队的教练。她的噩梦是当中央高中队的教练。
- 《钱之坑》(The Money Pit):献给每位曾身陷情网或身陷债网的人。

我之所以选择这些是因为它们在当地音像制品商店的销售都很火爆。到店里去看看大厅墙上的宣传画(不幸的是,音像制品的外包装上不会总印着宣传语,但它们确实是很好的研究对象)。去,看看《卡萨布兰卡》(Casablanca),再看上一遍。

创造两个人物,提出一个问题作为宣传语,看看我们能否为他们编出一个故事。

她是以事业为主的职业妇女,经济独立,但是情感匮乏。他内心坚强,却为金钱所困。宣传语是:"她拥有一切却一无所有。他一无所有却拥有一切。他们走到一起就能得到圆满么?"

你看宣传语是如何将你要探讨的问题具体化的。

现在为你的故事写宣传语吧。

视觉道具(visual aid)

现在你要送自己一个礼物。你已经知道了你的故事梗概,最起码已经知道你想唤起的是一种什么样的情感了。现在你得去一趟商店,找到对你来说能代表那种情感的物件。

你尝试过告诉别人一些可怕的经历么?说到一半,又沮丧地打住:"我没法解释。"或者:"你非要听么?"是的,非听不可。你的工作就是唤起它们。你可以重温那种情感,或者回到那里,找到那个能准确描述这种情感的词。你可以做到跟别人去解释它,是的,你可以的。

有一个让我们重温那种情感的方法,就是手边有这么一个物件,它承载着我们的情感。它可以是一枚幸运币,也可以是海滩上的一块石头。如果是关于你祖父的故事,你也许可以在杉木箱里找到他的帽子。

如果你叙述的是你祖母在大农场里的往事,那么找一个那个时代的烛台。如果你在一个餐厅听音乐的时候故事浮现在你的大脑——去餐厅要个火柴盒把这首歌记下来。

找到一条感官渠道,通过它能打开你的记忆找到你要的那种感觉。也许一种颜色也能点燃你内心的火花。

你在写你的电影的过程中,会不停地利用你的感官辅助物(助感物)唤起你想描写的那种原始情感。

片　名

给你的剧本起个名字。一个对你有所帮助、行之有效的片名要能一直提供给你视觉影像(比如《马耳他之鹰》[*The Maltese Falcon*])或者一个有意义的地点(《卡萨布兰卡》)。如果你对你电影中的动作不太确定,那就直接用动词来做题目,或者描绘主要事件,如《夺宝奇兵之法柜奇兵》(*Raiders of the Lost Ark*)、《哈里和沃尔特去纽约》(*Harry and Walter Go to New York*)。

你不必苦思冥想一个"完美"的片名,因为如果你有了一个完美的片名,你的电影反而会因此失去了新的发展空间。真正有效的片名是要作为一个有用的工具帮助你写出这部电影,等到你的电影完全成型后你可以再改片名。

让我们来做填空:

我的主角的名字＿＿＿＿＿＿＿＿＿＿＿＿＿＿＿＿＿＿

他/她想要什么＿＿＿＿＿＿＿＿＿＿＿＿＿＿＿＿＿＿

他/她需要什么＿＿＿＿＿＿＿＿＿＿＿＿＿＿＿＿＿＿

用一个词来表达,我的电影是关于＿＿＿＿＿＿＿＿＿＿

好了,关于你要写什么,你已经知道了你需要知道的。下一步是什么? 怎么去写。

Chapter 4
怎么去写

HOW TO WRITE

4.1 内容和结构

故事的人物和事件你心中都有数了,现在需要解决的是怎么去写的问题。

想知道如何组织你的剧本么?9分钟电影路标应该能帮你。它会向你展示在剧本的第1、3、10、30、45、60、75、90和120页都有什么。

4.2 9分钟电影路标

想象一下,如果你要把10英尺长的桌布挂到晾衣绳上晾干,你在绳的两头各夹一个晾衣夹,可中间120寸的一大块面积还是松松垮垮的。这块大桌布又湿又重,这时还正刮着风。剧作家看着开头和结尾之间松松垮垮的那120分钟时的感受差不多也就是这样子吧。所以你要做的就是用更多的晾衣夹。把它们夹在你的晾衣绳的几个关节点上,这样才能让这块桌布从头到尾都平平整整。

9分钟电影路标就相当于晾衣夹。我们用这9个点来支撑你的电影,保证它从头到尾都能顺理成章。

4.3 幕

首先,电影分为3幕:第1页到第30页是第1幕,第30页到第90页是第2幕,第3幕是第90页到120页(我们把电影分为3幕以便更明晰地划分开头、中间、结尾)。第一个点是电影的第3分钟,第1幕是故事开头,第2幕是故事情节的展开,第3幕是结局。

假设这是一块桌布,在两端各夹上一个晾衣夹(第1寸和第120寸),然后在离两端各30寸的地方再夹上两个晾衣夹,现在它就被分成了3个部分:第1段30寸,第2段60寸,第3段30寸。这也就是第1幕,第2幕,第3幕。

但是中间还是下垂的,所以我们在正中央处,离两端都为60寸的地方再夹上一个夹子。

因为中间比重大,所以在30寸与60寸之间、60寸与90寸之间还有一些下垂,因此我们再在45寸和75寸处夹上两个夹子。

这条特别的桌布左端有一些刺绣,足有10寸长,所以在3寸的地方夹一个夹子,在10寸的地方再夹一个,因为这一块如果皱了,整块桌布就毁了。

你的桌布画出来应该就是这个样子。

| 1 | 3 | 10 | 30 | 45 | 60 | 75 | 90 | 120 |

这就是9分钟电影路标。对应着剧本上的第1、3、10、30、45、60、75、90、120页,现在我们来快速复习一下,看看这几页上都有什么。

4.4 120 页的马拉松

你已经知道你的剧本应该有 120 页,应该分成 3 幕。

第 1 幕:从第 1 页到第 30 页。你通过描述人物和环境,完成了对故事的基本介绍。

在你剧本的第 1 页就要开始讲述你的故事,确定基调、情绪和地点。

到了第 3 页,我们要知道你在这部电影里要探讨的中心问题是什么。

到了第 10 页,你需要告诉我们这个故事的内容是什么。而且要给出更多的信息,让我们了解英雄想要什么。

第 30 页要发生一个事件使英雄进入新的领域。现在他的目标受到挑战,他必须对这一事件作出反应。

第 2 幕从 30 页到 90 页。在第 2 幕,英雄在追求目标的途中遭遇艰难险阻。

第 45 页,我们看到人物开始成长了,我们还会知道从此开始我们要去哪。

到了第 60 页也就是第 2 幕的中间部分,你的英雄陷入困境,然后他再次坚定自己的信念,而且更加坚定不移地朝自己的目标奋进。

到了第 75 页,他似乎失去了一切——甚至有一个场景里,英雄都准备放弃了。然后有些事发生改变了一切——一个事件给了他一个机会,让他发现了他自己从来不曾发觉的目标,而那才是他真正需要的,之前他一直追寻着其他东西。

第 3 幕从 90 页一直到结束,是对开头提出的问题的解决。到了第 120 页,观众终于满意地得到你在第 10 页提出的问题的答案。

4.5 剧本写作中最自由的因素

我们的大脑认为结构就像一个脚手架,我们的人物要沿着它攀沿而上。

但事实不是这样。**结构即人物。**

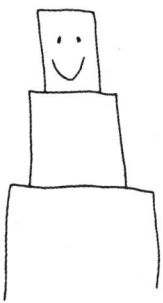

人物就是故事。剧本中事件的发生发展取决于人物的性格,是你的人物创造了他所处的现实世界,所以任何降临在他身上的事件都是他自己引发的,这是他看待这个世界的方式所造成的结果。所以你故事中的所有事件都显示他的内心世界。看看你的故事结构是如何作为你人物成长的编年史而存在的。

4.6 让故事在卡片上"活起来"

准备 9 张 3×5 英寸的索引卡,我们来为你的电影做这"9 分钟电影路标"。拥有这 9 张卡片的地图会帮助你顺利度过你的 21 天写作之旅。

故事从第 1 页开始

就是这儿,你的故事就从这儿开始。你在想:"它当然是从这里开始的。"但是你会惊讶于电影在它真正开始前有多少放映前的介绍。想想你看过多少电影让观众坐在那儿不耐烦地等着画面快点儿告诉他们影片的主要内容到底是什么。你可不想这么干。你想开门见山。所以第 1 页我们需要看到故事的地点、时间和基调。

第一个影像很容易就构思好了。记下你想到的第一个影像。

现在在 1 号卡片上写：

第 1 页

内景。帆船。夜晚。

第 3 页前你必须告诉我们什么。在 2 号卡片写上你在第 3 页结尾要陈述的中心问题。这是你的剧本要探讨和试图回答的主要议题。

第 10 页前我们应该知道所有的细节。这是什么样的故事？你选择了怎样一个人物，用怎样的方法来探究问题？在 3 号卡片写一句对白告诉我们：是谁需要什么？这句话应该出现在第 10 页上。

这些家伙是谁？在第 30 页你准备怎么对付他们？ 发生在第 30 页的事件让你的人物难以应付。他被迫作出反应，制定了一个计划——发生的事情让他决定追寻自己的目标。他制定计划，并实施。让我们看看第 30 页的事件，他被迫反应的事件。看看他制定的计划和他的实施情况，在 4 号卡片上写下这个事件。

在第 45 页向前推进。在第 45 页让我们看看你的英雄开始成长。在 5 号卡片写下关于这个场景的想法，这一场景将揭示他的成长。

就要它。在第 60 页英雄必须全力以赴地追寻他的目标。在第 1 幕他说他想要什么，并在第 30 页结束的时候开始采取行动。然后我们看到他发生了变化，环境也发生了变化，风险越来越大。他也许会因为这个而失去所有。这比他预想的还要困难，但是越艰难他越想得到。在 6 号卡片你要记下在故事中部英雄为达到目的又增加了哪些筹码。

在第 75 页你的英雄是怎么发生改变的。到了第 75 页你的英雄似乎失去了所有，这里有一个英雄似乎已经放弃了的场景。但是之后发生了一些事情改变了一切。一个事件让他发现了他并不知的一个目标。想想这个事件是什么，把它写在 7 号卡片上。

接下来发生了什么。从第 90 页开始就进入了结尾部分。在第 8 号卡片写上问题将如何解决。

走完全程。9 号卡片是结果。故事的结尾让我们看到了主角如何获得新生，给我们这个结尾。

最难的卡片恐怕是 2 号和 7 号。如果它们还很模糊、不太清晰，这没关系。如果一开始你就对一切了然于胸，也许这一部分你也就不必写了。你可以一边写一边添加这部分内容。

尽管向前吧。

4.7 它写在纸上应该是个什么样子？

我需要知道哪些技术规范？

> 淡入
> 内景　你的房子　日景
> 　　你正准备坐到打字机旁，突然变得很紧张。
> 　　　　　　　　　　你
> 　　这纸上应该写点什么？我应该把所有的摄影机角度①写上去么？或者把每天说的话都写上去？
> 　　　　　　　　　内心电影
> 　　第一次写剧本的人常常担心剧本的形式。这能理解，你看的电影已经够多了，但是你还没看到过写在纸上的电影剧本。
> 　　　　　　　　　　你
> 　　是的，我从没见过。这是第一次，你知道……它看上去真的很简单。
> 　　　　　　　　　内心电影
> 　　下面这个部分叫做 2 页图示，上面会写上

---

① 摄影机角度，是剧本中因为特殊需要，特别备注给摄影师的。——译者注

> TAB、CAPS、转场、冒号。现在就坐下开始写。
>
> **你**
>
> 你说真的么？这就是我需要知道的剧本格式？
>
> **内心电影**
>
> 我保证，只要你完成这些，你会成为一个懂得
> 什么是淡入、转场的老手。
>
> **你**
>
> 我不信，这真的是让我最担心的事。它真的就这么简单？
>
> **内心电影**
>
> 内心电影将化繁为简，化难为易，简单而有效地
> 把你训练成一个剧本技术专家……最重要的一
> 点是，一旦你了解了形式，你就能更自由地抵达
> 内心。它会写出那个在你内心上演的故事。
>
> 你长舒了一口气
>
> *淡出*

按你的 TAB 键，现在就开始了。

> 淡入
>
> 内景　你的工作区　日景
>
> 　　这是剧本的**演出说明**（stage direction），从纸张左侧 2 寸处开始。
>
> **人物姓名**
>
> 　　人物姓名从左侧 4.5 寸的地方开始。然后下面
> 接着写对白。对白要从距左边界线 3 寸处开
> 始。一行对白不要太长。要保持距纸张右侧界
> 线距离不少于 2.5 寸。
>
> 外景　院子　日景
>
> 　　在这里你要写出我们看到的东西。如果你想要让我们看到一个男人，那么就写
> "富有却忧郁的高管人员"，或许是"流浪汉"。虽然都是男人，但是你要把他们的不同
> 之处用语言表现出来。不要写"离婚男人"，因为离婚这事儿我们没法一眼瞧出来。但
> 是我们可以通过他的穿着打扮、随身用品和他所在的地点，看出他是"公司高管"。

对白和场景描述之间空两格。

> **人物姓名**
> （吃惊地）括号里的是给演员的提示，不要过度滥用这是写对白的地方，对白就是你想要演员说的话。
>
> 转场

如果你想要结束一个场景转到下一个，你就要写上转场或者**叠画**（dissolve to），把它放在右侧。

> 叠画

如果一张纸写完了，人物对白还没有讲完——在句末打上一个标点，在最后一句话下面的横线上写:（另见下页）。然后下页一开始,在人物姓名后面就要加上一个括号:（接上页）。

> **人物姓名**
> 当你不能在一页内完成对白时,就采用这种分页方式。
> （另见下页）
>
> 上页尾

> 下页首
>
> **人物姓名**（接上页）
> 这样演员就知道这段对白还没有完。

什么时候用大写键CAPS

人物的名字第一次出现在剧本中时,在演出说明中用大写标出,这是为了给**选角指导**（casting director）提个醒。另外**声效**（sound effects）也要用大写,这是为了提醒音效师（只有确实需要提示视点的时候,才需要写上摄影角度）。那些只出现在群众镜头中不用说话的次要角色或道具就不用大写提示了。如果你必须强调某个动作或某句对白,可以用下划线。

大写的其他一些用法

即兴表演（ad lib）:演员在表演对白时随兴发挥。

画外音(V.O.)：我们听到的动作之外的解说。
画外(O.S.)：我们听到角色说话，但他是在画外，比如从另一个房间喊话。
片头字幕：主要演职员名单开始。
片尾字幕：主要演职员名单结束。
定格镜头(freeze frame)：留出左侧空白，而且要标注静止时间。
歌名、书名。

4.8 一图抵千言

内心电影定理：剧本里没有文字。

你的剧本里也许有对白，有描述，但你的剧本还是没有画面。你不能说："那栋废弃的大厦孤零零地立在山顶，凄凉孤清。"你要做的就是展示这幢房子在黑夜的风暴里，闪电掠过。这样我们才能领会它的阴森可怖。

剧本写作就是选择一个又一个的画面形象。贴切的画面形象虽一言未发，却胜过千言万语。

4.9 两页短片

现在你来写个两页短片。下面这个故事说的是斯基特·穆奇(Skeeter Mooch)先生被控二级剧作重罪[①]：摄影机运动描述过量。

我们一块儿开始，然后你可以接管这个故事。

淡入
外景 追车 日景
　　一辆破旧汽车从桥上横冲直撞驶进高速公路。警察紧追。
　　　　　　　　　　　　　　　　　　　　　　　　　　　转场

[①] 原文作者想说斯基特犯了编剧的大忌之一，对应法庭，戏称为二级重罪。——译者注

内景 破车 日景
    斯基特·穆奇,25 岁,把油门紧踩到底。

                                                                     转场

外景 高速公路 日景
    警察超过破车,拦下它,跑上去把斯基特先生从车里拖出来。

                                                                     转场

斯基特脸部特写

                  斯基特(画外音)
    我是无辜的。

摄影机拉到斯基特站在被告席,双手被铐,面向库珀法官。
                  库珀法官
    斯基特·穆奇,在宣判前你还有什么要说的吗?
                  斯基特
    我该怎么写电话对话?

手机铃响,库珀法官接电话。
                  库珀法官
    我是库珀法官。

通电话时进行**交叉剪辑**(intercut)。

                  法官的经纪人
    库,我对你在福克斯公司的剧本很感兴趣。
                  库珀法官
    现在不行,大白鲨。我正在审判……让你女朋友给我女朋友打电话吧。我们一块儿做寿司。

库珀法官挂了电话。

                库珀法官(接上页)
    就这样。坚持下去,最后它会变得容易的。记住,把所有你想让人看到的写成描述,把所有你想让人听到的写成对白。

                                                                  淡出

                    完

这就是你需要知道的一切,不要把它搞复杂了,要想复杂以后多的是时间。

附注:如果你真的必须知道剧本格式的方方面面、前因后果,那么可以参见《标准剧本格式完全指导》(*The Complete Guide to Standard Script Formats*)第一部分:剧本。作者是科尔(Cole)和哈格(Haag),CMC 出版社出版(1980),在山缪尔·弗兰奇剧院(Samuel French's Theatre)和电影书店可以找到,电影书店地址:日落大道 7623 号,好莱坞,加利福利亚州 90046(213-876-0570)。或者,最好的方法是找到一个你看过的电影的剧本把它打印出来,聪明的你可以从中学到所有的东西。

Chapter 5
目前你知道的

WHAT YOU KNOW SO FAR

你已经完成了9分钟电影路标,也知道了故事的大概脉络,第75页和第90页也许还很模糊,没关系。如果到达之前已经知晓一切,可能你就不必到那了。还有,第120页上的最后结局也许也依稀可见了。

现在让我们来次彩排,你扮演一位成功的剧作家。

5.1 你的演出时间和地点

你的工作场所已经安排好了么(如果还没有,可以翻看书中"难以克服的障碍"章节中的"时间和地点"一段)?为了检验你的工作区,我们到那去试坐一下。你感觉好么?你有回形针用么?光线充足么?在你写作的时候室内够安静么?这个时间段适合干活么?那会儿你会不会觉得困了或者饿了?针对"在这个时间、这个地点我感觉好么"写上8分钟。

现在就动笔。

8分钟之后,看看你写的,在关键的地方画下划线。如果你的工作区需要改变,那就改变。不必委屈自己去适应它,找到你真正需要的工作时间和工作地点。现在穿上你的幸运袜吧。

万事俱备，有请你的电影上场。

5.2 怎么让电影在你掌握之中

这里说的掌握，可是名副其实的"把剧本拿在手上"。这很有意思，首先得弄到一些物件。你得先找三个黄铜曲头钉，和121张有三环洞的干净打印纸。

第1页纸用来写你电影的片名。在纸的正中央打上你电影的名字。如果你还没有片名，别慌，现在就给它取一个。这只是一个暂定片名，可以改的。实际上，最后这名字一般都会改的。记住，如果片名过于具体，而把你拘泥在某一个点上，它反而不能很好的为你服务。因为你的剧本需要有向它想去的地方伸展的空间。

片名页就是这样：

你的片名 编剧 （你的名字）

在第二页首打上：

淡入

在最后一页页尾打上：

淡出 完

5.3 120页成册

现在把片名页放在最上面，然后是淡入页，然后是118页空白纸，之后是淡出页。

这就是你的电影。你已经为它搭好了舞台，现在只要把它请上去演出就行了。

在这个当口，你是不是有一种难以按捺的冲动，想挑出你钟爱的颜色做封面、封底？如果你必须如此，那就做吧（"内心电影之道"贯彻始终的观点就是尊重直觉），但是最好还是把封面封底留到你的剧本结束之后再加，因为如果你现在就定下封面，它会赋予你的剧本一些先在特征，但是这些特征也许并不适合你要讲的故事。

先把片名页放在最上面。这样做还有另外一个原因，就是你想看到"编剧"这两个字，还有你的名字。

现在你有了一个120页的空白电影，我们来开始填上这些空白（随着你在这21天里的创作，这些空白纸会慢慢被填满）。

把你那套9分钟电影路标的卡片拿出来，一边读它们，一边在脑子里构想你的电影。

现在你又要准备想象你的电影了。这次你要一边给你剧本的120页编上页码，一边想象你的电影。最好用手写，这样比打字方便。从第1页到第120页，写在每页右上角。

祝贺你！到现在为止，你已经在心里把你的电影放映三遍了。如果你看到的只是支离破碎的影像也不要紧。不信你回顾上周在比丘（Bijou）剧院看的电影，在你的心中回放一下，情形其实跟刚才你自己的电影差不多，而且你的电影甚至都还没写到纸上呢。所以你已经做得很棒了。

9 页串联

你现在要做的就是从第1页开始，在淡入页"淡入"两个字的下面一行，用铅笔写下三个描述性的词，来展示你电影的地点、时间和情绪（例如野马、峡谷、黎明），三个词就够了，不用再太多。

在第3页的页尾写上那句能代表你要探讨的中心问题的对白。

第3页的这句表述不存在对或错，只需要把它写出来——证明它是对还是错的任务则交给剩下的剧本。

接下来，把你9张卡片上的内容都对应着抄到第10、30、45、60、75、90

和 120 页上。

内心剧院

现在你已经在心中把你的电影回放了好几次。用曲头钉装订你的剧本,然后把它捧在手中,从现在开始它就要一点点生动起来了。

你的准备之充分真让人吃惊:故事、人物、结构、格式、幕数、甚至已经有了一个等待填满的空白电影。还有一件事……

8 分钟烂写波尔卡①

布置一个作业。不用多想,找一支铅笔,一张纸和屋子中的一个物件——随心所欲地拿一个。现在围绕这个物件写 8 分钟。这 8 分钟里你可以写关于它的任何东西,甚至一个女妖精来敲门向你推销一个吸尘器也行。另外:允许你写得很烂——烂到极点。要求就是你要快乐地扮演一个傻瓜。准备好了?出发。

8 分钟过了。

好,时间到。

你也许已经注意到了:

(1)这很容易。

(2)即使你开始很抗拒,但有些事发生了,你开始感兴趣了。

(3)你对那个物件的了解远胜于你预想的。

重点是:

(4)这个作业是让你往烂了写,往坏了写。可是,读读你写的,它并不烂。事实上,有些地方甚至很出彩。在精彩部分下面划线,你有没有什么发现?是否发现它们其实并不是关于那个物件,而是关于你自己的?

---

① 波尔卡,一种捷克的民间舞蹈,节奏活泼跳跃。作者以此比喻 8 分钟内以跳跃性的思维随意乱写。——编者注

从中我们可以学到：

（1）写作并不难。

（2）写出好文章其实很容易。妙笔偶得。

（3）必然的是——好的写作必须是个人化的。

5.4 多项选择

现在回答：你准备好了么？你想进入你的21天写作之旅么？

如果你回答"是"，那么直接进入下一章。

但是如果你觉得还没有准备好，那么翻到"直面难以克服的障碍"（见第131页），把这些障碍从你的成功之路上一一清除掉，然后再返回到21天写作之旅。

5.5 在你写自由初稿（random draft）前应该知道的

回答这张清单上的问题：

道具：我有助感器①么？什么东西能唤起我关于这个故事的情感？

地点：我有写作地点了么？

时间：我每天能安排出写作时间来静心写作么？

形式：我打印了2页短片么？我对剧本形式有充分了解了么？（也就是：对白是做什么？描述是做什么？）

内容：我能用宣传语来表述我想的故事么（如果没有，现在赶紧做。不要想，就是把它赶紧写下来）？我能描述出我的故事想回答的那个问题么？我能用三个短句说完这个故事么（开头、中间、结尾）？我能

---

① 指前文说到的视觉道具。——译者注

表述出你写它的目的么?

　　准备好了么——前进。

　　开始写你的剧本。

Chapter 6
从"准备"过渡到"出发"

TRANSITION FROM "GETTING READY" TO "GO"

假如你上一个脱口秀节目推荐你的电影,你有 3 分钟的时间来告诉我们你的电影说的是什么。

现在就用 3 分钟的时间写:"我的电影说的是……"

很好。

在脱口秀节目中我们还会看到你电影中的 1 分钟片段。现在就选出这 1 分钟片段,用几句话来向我们说明一下这片段出现在电影中的什么位置、上下文之间的关系。在你的心中回放这 1 分钟片段。

欢迎来到好莱坞。你已经为你明天开始写作的影片完成了全部推广活动。

Part 3
21 天写完你的电影

《死亡诗社》(*Dead Poets Society*, 1989)

Chapter 7
你的自由初稿：用心写作

YOUR RANDOM DRAFT: WRITE FROM YOUR HEART

第1天：头10页

准备好了么？

你已经模模糊糊地知道了你的故事。你能用两三句话表述它。你写出了宣传语。你确定了你的主要人物和主要地点。你已经准备好了。欢迎进入自由初稿阶段。

如果你已经就你的电影思考了很长一段时间，可能已经想出了一个非常详细的开头。你在头脑里不断地想象，甚至具体到一些手势。当你坐下来以电影的方式把它写下来的时候，却会突发性精神紧张，因为你想："我怎么才能让她从桌边走到炉边，然后再走回来？"

看看下面这段剧本示例，是不是跟你想的差不多。

淡入

内景　苏和麦克斯的厨房　早晨

　　两个煎蛋的**大特写**（extreme close up）。

　　镜头拉出：苏，一个年轻的新婚家庭主妇正在做早餐，她穿着方格花纹睡袍。现在是8点钟，她上班已经迟到了。她是名银行出纳。她知道她的老板肯定会气疯了。她急匆匆地倒好果汁，还忙着做中午吃的三明治，尽管她在节食。蛋煎好了。

                    苏
               （大声叫麦克斯）
        亲爱的，蛋煎好了。
    她把煎蛋盛入盘中，然后走向桌子，一边喊。
                    苏
               （对麦克斯）
        我把它放桌上了。
    麦克斯穿着方格花纹睡袍走进来，走向苏，亲吻她的颈部。
                    苏
        你还没穿好衣服呢。
                    麦克斯
               （色迷迷地）
        是的，还没有。

注意两个问题：(a)有些信息没法展现（比如她的老板肯定疯掉了）；(b)有些说明很多余(比如她走向桌子，其实对白已经说明了这一点)。剧本是(a)描述我们看到的和(b)我们要听到的。在你的故事中寻求方法来表现我们要看到的和我们要听到的。

下面提供一个更好的方式来写这个场景：

    内景　厨房　早晨
        苏做着早餐。麦克斯走进来。麦克斯爱抚苏。
                    苏
        嗯。
                    麦克斯
        嗯。
        两人渐渐倒在地上，两人情侣款的睡袍交叠在一起。

看看这个是不是简单多了？但是却真正达到了这个场景的目的。

学会写主场景。所谓"高明熟练"就意味着你像房间里的一个旁观者，看着这些动作。让导演来加入特写，加入她的反应，以及他的手在面包片上这些动作。我最后写的两人情侣款睡袍交叠在一起,是暗示他们在亲热,与上面那个"色迷迷地"形成呼应。新婚燕尔,爱意正酣。在这个故事里情侣睡袍象征的爱情即将受到挑战。

一旦你用简朴的形式写作,当一个形象跃入你的脑海,你就能一眼认出它,而它就是你故事的一个重要线索。

我们现在追求的是一种总体感觉。就像一位对着一大块土方工作的雕塑家,先要勾勒出大的轮廓,找对总体感觉,然后你才能对细节精磨。如果你现在就纠结于琐碎细节,也许你最终只能得到一块刻着一双漂亮眼睛的土坷垃。

自由初稿就是为了发现,不断地挖掘你深埋的富饶矿藏,你也许会对随后出现的奇迹瞠目结舌。

计划是这样的:写自由初稿,通读它,找到你的电影是关于什么的,然后改写,把所有不该属于你的电影的东西都统统拿掉。

所以自由初稿的任务就是让你明白自己想写的是什么。

现在你坐在打字机旁,穿着你的幸运袜,手边放着能帮你感知人物的物件。你对纸上应该出现的那部电影已经很熟悉了。你的大写键也准备好了。如果你喜欢一笔一划地手写,那你也准备好相应数量的手写纸了。

速写练习

方案是把你脑中的形象尽可能快地倾泻到纸上。只要你想到一个形象,你就要尽快把它在纸上写下来。

今天你不是在写你的电影,而是在速写你的自由初稿的头10页,你只要给出一种感觉,一种你已知的感觉。你根本不用思考任何东西,只需要给我们展示你感觉到的。

像疯子一样写,把你想到的都倒出来,它不必有什么意义,就是倒出来。就像它是一块烧红的炭,如果你不把它赶紧吐出来,它就会把你灼出一个大窟窿。

今天的写作成果可以用你写的页数来衡量,飞速写完10页才算完成任务。你可以因为第一天快手速写的卓越表现捧得一座奥斯卡小金人了！

给你 2 个小时的时间，你可以用在 10 分钟完成任务后去庆祝，你也可以一直写满 2 个小时。

规则 1 和规则 2

规则 1：10 页纸或者 2 小时，你选哪个都行。如果在 2 个小时后你还没能写满 10 页纸，那你就破坏了规则 2。

规则 2：不要思考。

深呼吸。想象你自己正坐在影院里，银幕上放映着你的电影，把你看到的写下来。

特别收录紧急援助

求助！求助！我需要更多帮助！

在你行进的过程中可能会出现一些问题。我的故事是从车里开始么？或者在这之前还应该加一个在屋里的场景？或者我该把他写成一个有前科的罪犯？这些问题接二连三地蹦出来，你得回答它们。它们没法阻止你，你应该作出决定，继续前进。好的，她喜欢他，上演这个场景；如果不太对劲，那就走另一条路试试：她不喜欢他。到底哪个能更好地服务于你的故事？

决定的宗旨就是要有力。你在创造一个世界，出现问题也要继续前进。你可以作出决定，然后继续写。别担心它是不是最好的——这个留到以后再说。只不过先把它们写出来，让动作和故事继续进行下去。

这些念头也许会像连绵海浪一波一波地向你袭来："有了，我想到了"；"所有一切都装在我脑子里，我只要把它们倒出来就行了"。但是没过一会儿："喔，不，这太糟了"；"我根本搞不定"。兴奋、得意、恐慌、无助——在写作过程中所有情绪都可能产生。没关系，这些情绪都是你自己的一部分，它们会拓展你作品内涵的宽度和深度。融入进去，把自己彻底投入其中。**内心电影定理**：唯一的风险就是你不接受它。

而且，你并不是一个人。你的人物会跟你对话，他们会告诉你："把火点燃";"再深入点";"别走开"。看看你的对白,哪些是你的人物通过你说出来的?

"跟我说话,别光杵在那儿不动。"

你的人物形象会不断地需要你赋予他们生机。那就赋予他们。

作者提问

问:我知道在第 1 页我就应该设定一种基调并确立人物,可是我怎么才能做到?

答:让我来告诉你怎么在第 1 页完成这些任务……忘掉它,把它完全抛到脑后,你需要的是做一些决定。你的电影是关于谁的?它在哪儿发生?是一个什么样的故事?闭上眼睛,形象会自动出现在你眼前。这就是你的第 1 页。现在把你看到的写下来就行了。

问:我有很多问题。我的人物应该发疯了么?或者开始哭泣?他是 32 岁还是 17 岁?

答:创造的过程是形成问题,然后找到答案,而答案会反过来引发更好的问题,如此循环往复。

每次你对你的剧本有什么"不知道"的时候,就会提出一个问题。这会引发两个结果:(a)立马就能确定你不知道的是什么;(b)因为你知道什么是你不知道的,你就更可能找到答案。第一部分是关键。在写作中,你要一直对你不知道的保持认知,这样你才能创造出它。(如果我的人物不是 20 岁而是 22 岁呢?那么他即将面临毕业。太好了。这样他的行动就能更加紧迫。)

不断地问自己问题,然后快速地回答。写作就是去做决定。(是的,他 22 岁,让我们看看他和她的关系怎样。如果她比他大呢?)

问自己在这个场景里要发生什么。然后呢?再然后呢?快速地写,不用深思熟虑。这是一张导引你去往目的地的地图。只要落笔在纸上,任何漏洞或者错误都很容易修补。

问:好像很不错。但是马上我的脑海又陷入一片空白,为什么?

答:你该发现了你已经有了很详细的头3页,然后你不断地完善它,琢磨它。这个练习是要告诉你:你能写剧本,你会写剧本。是的,你可以的。前进。记住你现在写的是第一稿,第一稿要做的就是让你知道你已经知道了哪些,而不是你不知道的。

问:你能再重复一下结构么?

答:在第3页结束前,我们需要知道你要向我们展现的是怎么一个故事。第3页之后你不断地给我们展现新的信息,你一直在建构自己的故事,一直在告诉我们它是一个什么样的故事。我们在哪?主要人物想要的是什么?到了第10页结束的时候,你已经很清楚地表述了这是一个什么故事。如果第3页是主题,我们要去探讨一个女人和一个比她年轻的男人之间爱情的可能性。那么第10页就是关于这个男人和这个女人在这样的情形下所想要的。今天你不需要其他的了。

如果你还没有做你的速写练习,现在开始吧。

我做到了,万岁!

祝贺你!你已经开始写你的电影了,它终于从你脑海中的念头变成了可见的实体。

我建议你不要读它,建议你用甜蜜的爱情或者冰淇淋好好犒劳一下自己。如果你实在忍不住要读它——去吧,但是不要做任何修改,也不要去做任何评判。只是通读它。为你自己而疯狂吧。

现在让你的脑子尽情放松下来,剧本的事我们明天再谈。

第 2 天:头 30 页

估计第一天你已经堆积了足足有一吨的问题要问。没关系,不光是你,每个人都是如此。我们只需要回答你现在的问题,其他问题我们在下面解决。

作者提问

问:如果我已经看了前面写的 10 页,会怎么样?

答:没关系。在 8 至 10 页的某个地方得有一个所谓"第 10 页宣言"出现,也就是说,你必须表述清楚:你的英雄要追寻的是什么。

问:我应该怎么完成电影的**呈示**①(exposition)部分?某些事情我不得不解释,因为我根本没法展示它。

答:检查一下你是不是让人物走进来说:"我们来到巴黎是因为我是一个顶呱呱的销售员,我赢得了这次假期。"

展示,而不是告知。问问你自己:"我能展示它么?我怎么展示它呢?"

动作/历险电影往往从一段惊险刺激的劲爆场面开始,然后才切到办公室场景,在那里布置计划(记得《夺宝奇兵之法柜奇兵》么?先是动作场面,然后才是教室。詹姆斯·邦德呢?先是动作,然后才是伦敦的办公室)。如果你的人物需要安排计划,很好,但不管是直截了当地说出计划还是开个会,最好都在动作场面之后出现。

问:我怎么才能在讲故事的时候不一下子透露太多信息?

答:尽可能早、尽可能多地透露吧。别对我们保密,别藏着掖着,别妄图跟观众要心眼,你会失去他们的。透露得太多太快还可以补救,可是如果是太少太慢往往就没救了。

---

① 呈示,是电影的专业名词,指影片开头时用最少的篇幅向观众展示人物身份、性格、背景、前史等故事所需的信息。——译者注

观众走进影院来看你的电影,其实就是跟你达成了一个协议。他们乐意了解你呈现给他们的世界,当然前提是:你也乐意让他们了解这个他们理应了解的世界。

问:我要讲的是一个爱情故事,关于两个人的,不是一个人。我该怎么同时讲述他们的故事?

答:故事可以关于两个人或三个人或者一伙人,但是它依然是通过某一个人讲述出来的。《乱世佳人》(Gone with the Wind)是一部宏大史诗,它囊括了很多人的故事。事实上,它说的是整个南方的故事,但是它依然是通过一个人——斯佳丽·奥哈拉(Scarlett O'Hara)讲述的。所以问问你自己:"这是谁的故事?这个故事是通过谁的视点讲述的?"

问:我的故事有很多动作。我的主人公下了飞机,上了出租,驶上高速公路,一路折腾,直到片尾演职员表结束才回到家。但是当他打开门的时候,我却没法让他说点什么。

答:动作和运动是两码事,只有当运动确实对你的故事有意义时,你才有必要展示运动。它是不是有助于建构你的故事?或者它传递了什么信息?如果你让人物开着车乱晃只是因为你的故事讲不下去了,那我教你一个法子——让你的人物老老实实坐在椅子上,好好想想他需要的和他想要的。

问:我在写一个悬疑故事,我该怎么设置故事线索?

答:要回答这个问题,得先回答另一个问题:你是 X 型性格还是 Y 型性格?

如果你喜欢制表、做计划,乐于预知还未发生的事情,那么你属于 X 型。准备一叠彩色的 3×5 英寸卡片,用来决定什么事件引出哪个疑犯。在第一张卡片上写上罪案,在最后一张卡片写上你想要的结局。需要填充两张卡片之间的卡片:从罪案导向结局的线索。之所以用不同颜色的卡片是为了便于追踪你带我们进入迷宫的每条路线。然后为你的故事作出 9 分钟的结构,做的时候一定时时参看你的线索卡片。在悬疑故事里,故事侧重于犯罪事件。如果它渐渐地侧重于于人物关系或者人物成长,那么问问你自己:

"我真的是想说一个悬疑故事么？或许一个讲述人物关系的故事对我来说更重要？"如果你想说的是一个悬疑故事,那么盯紧那些掩盖或揭露罪行的事实。

或许你是 Y 型性格。你也许喜欢阅读悬疑故事,想写一个跟观众一起找出"谁干的"的故事。那么你不用做计划,只要有一桩罪行和一个破案高手就行了。你所做的准备工作就是让你笔下的调查者的形象丰满立体起来,然后相信他能为你揭开谜底。现在从一个"如果……那么……"开始,让我们看到一具尸体,你希望有什么样的结局只需一个大体的构思就行。设定一个令人吃惊、出人意料的结果,然后看能否仅凭你纸上出现的那些线索从罪行蹒跚地走到终点——罪犯伏法。你的第一稿可以写得很快——就用你读完一部悬疑小说所花的时间写完它。

你一边解决问题一边行进,因为你是在写作的过程中不断解决问题。有一些线索最终会将你导向一个死胡同,在你改写之前,先通读一遍初稿,注意同一线索你可以有三种不同的处理方法。我们将它们分为好的,更好的和最好的。从每个线索中间汲取有用的元素填充到最好的那个中,让它更加有力,然后删掉其他两个。不断地增加悬疑性和危险度,要把你自己都吓住。让你的人物敢于推开地下室的门。如果你能在整个故事进程中一直保持着高度兴奋,那么你一定也能让观众如此。

说得够多了——事实胜于雄辩

现在我们通过阅读第 1 天的成果来开始第 2 天的任务。

阅读你第 1 天飞速写作的成果的方法是:

不做评价。你可以问自己任何问题,就是不能问"它好么"或"它烂么"。

回答这些问题:

- 这是个什么故事？
- 它是关于谁的故事？
- 英雄需要的是什么？
- 英雄想要的是什么？

- 这是我想讲述的那个故事么？

在你昨天写完的那些文字里，你告诉我们故事是关于谁和关于什么的了吗？

你能复述一下你的宣传语么？

（如果这些你都可以办到，很好，跳过下面一节，直接翻开下一页。）

如果你不能回答这些问题，如果你沮丧、挫败、困惑，都没关系。不要回头，即使你觉得你"应该"回到第1天重新开始，也别回头。永远向前。自由初稿的目的就是为了弄清这部电影是关于什么的，然后继续前进。

可是现在你都还不知道故事、宣传语或其他的什么，你该怎么办？记得关于"你的电影是什么"的8分钟练习么？再读读它，然后重新写这8分钟。

在那些吸引你的地方画下划线，也许是只有三个词的短句，却是"你的电影的主要内容"的浓缩版。看看你的视觉道具，重新点燃对你的故事最初始的感觉。记住你写自由初稿的目的就是为了发现你的电影是关于什么的。现在你起码比开始的时候要知道得更多，而接下来的20页会揭示更多。

头10页怎么引出接下来的20页？

从你的头10页我们已经知道了很多的信息，不管你想建构一个什么样的世界，都是以它为基础。记住在30页之前有一个需要注意的地方，在那个地方有个事件发生，迫使你的英雄作出反应。

我们明白了这个故事的内容和人物，现在还有哪些元素是你需要让我们知道以便故事往前推进的？

第1幕你应该设定观众需要知道的所有事情（比如人物前史、他的生活环境以及和他相关的人物）。每个场景都必须展示人物、推动故事、提供信息、建构情境，并表达你需要观众理解的观点。

你已经让我们认识人物了么？到目前为止我们对他的了解有多深？

我们都得到了哪些信息？

注意第3页结尾的那句对白，它是不是也表达了你写剧本时的态度？

你能把这个态度和你生活的中心问题联系起来么？如果可以,它会告诉你更多关于这个故事的信息。

现在怎么让你的英雄从第10页来到第30页他需要出现的地方呢？方法就是和他呆在一起。

每个场景都推动故事的发展,都告诉我们一些未知的信息。对于这个人我们了解得更深：他的世界、他的视点、他的问题。他想要什么？他需要什么？他的障碍是什么？在第30页之前还需要塑造什么？我们还需要塑造别的什么人物形象？

如果你觉得迷惑,那是因为你的主人公已经不在舞台上了。把他带回动作的中心,和他呆在一起。

在心中回放你的电影。我们做个练习,让你的大脑进入 α 波状态①。看着你的视觉道具,然后闭上眼睛,让眼球尽可能向上转动,直到你的眼睑开始跳动。现在让你的电影上演吧,加重色彩,突显形象,等你准备好了,就张开双眼出发吧。

写3个小时,跟随你的英雄去往第30页那"第1幕的大事件"。

---

① 当人的脑电波开始降低至8~13赫兹每秒时,大脑潜意识的大门开始打开,此时大脑所处的状态就是Alpha波状态,会较正常状态更加感性。——译者注

第3天：头30页至第45页

你的头10页告诉你怎么写后面的20页，同样地，你的头30页现在也会告诉你后面的30页。放轻松，没问题的。

读头30页

看看你的英雄从哪来，要往哪去。你是否已经告诉了我们目前应该知道的一切？我们是不是已经对英雄有了足够的了解，知道他可能会怎么做？这样他一旦成长，我们就能立刻发现他行事跟以前有所不同。

如果你觉得还没有完成这些，也别担心。你已经做好了，只是你自己不知道而已。

现在接受你的头30页。我是说真的，接受它。如果你不接受，那么你真是在紧要关头给自己找麻烦。

你的转折点

今天你需要从第1幕的转折点写到第一个象征成长的场景。其间得发生点什么。你的英雄正在奔向目标的征途中，或者他正对发生在他身上的某件事作出反应。在第45页，你得用一个具有象征意义的场景来展示这个动作开始对他产生了某种影响。这是一种带有总结性的场景，通常用来告诉我们：我们已经到哪了？我们还将往哪去？

你身上曾经发生过这样的事么：你有一个计划——你已经准备好了——然后电话铃响了，计划变了。你用1分钟的时间把你沉甸甸、满当当的思路硬扳到另一个轨道上。你能清楚地感受到你体内对这一意外的强烈反应。你身体里的分子发出急刹车的尖叫，然后重新排列组合，慢慢地往新的方向费力前进。想想那个时候发生在你身上的一切。现在这就是你的英雄在体验第1幕转折时的感受。

如果英雄正准备到医院去看望他的祖母，却接到一个电话说他的祖母刚刚过世，他会怎么做？一般人在这种情形下，无论如何还是会赶去医院。不知怎的，他们需要看到那张已经空空如也的床，他们需要别人把噩耗再告诉他们一遍。他们需要继续他们的行为,才能慢慢地接受这个噩耗。

记住,你这一行要干的就是用外部的动作来揭示人物内心的感受。

所以——某些事刚刚发生在你的英雄身上,现在他准备做什么?人类的一般反应都是——当我们遇上阻碍,当形势发生了突如其来的令人震惊的变化时,我们会拒绝承认,会愤怒,会妄图让事情回到它曾经的样子。最后,当我们准备好了,我们才接受它。通过接受现实,我们才能继续向前。

这就是发生在第 30 页到第 45 页之间的事:先是震惊,然后有所反应。当我们以老方法来应对新事件时,就会陷入矛盾。我们被迫以新的方法来应对,直到我们这样做了,我们才接受了这个矛盾。把这矛盾展示给我们看。

举个生活中的例子吧。我有一个朋友,她的丈夫离开了她。一蹶不振一段时间以后,她让我去她家帮忙搬出丈夫的东西。我们忙活了一下午,其实这活对她来说一点也不难,一定有别的什么问题。当我们搬空了壁橱,又把所有的盒子塞进去,她说:"就这样,谢谢你。"我没打算离开——就是这会儿了,我们已经走到了问题的边沿。她可以叫任何人来帮她塞盒子,我知道她叫我一定还有别的什么事。

我们四目相对——该是开诚布公的时刻了。转折点出现了。她冲进卧室,把床单从床上扯下来,然后跌倒在上面放声痛哭。

我这才发现尽管她平常是一个几乎有洁癖的人,尽管她丈夫已经离开她好几个月了,她居然从丈夫走后一直没换过床单。这些床单是他和她最后一丝的亲密联系。现在她终于愿意接受这个事实——他已经走了。

这就是她的第 45 页。人生的一个成长点。她丈夫离开是在第 30 页,她用 15 页来拒绝承认、发泄愤怒、陷入绝望,现在她终于准备好接受事实了。

为你的人物找到这个时刻。别简短匆促地结束,别在搬壁橱和塞盒子那会儿就结束。找到一个外部动作来阐明内心的成长。让我们看到一个人发生的变化。好了,这就是你的脑子现在需要知道的一切。

做个深呼吸,开始写发生在第 30 页到第 45 页之间的事情。

让我们看见你的人物的成长。

第 4 天：头 45 页至第 60 页

不入虎穴，焉得虎子？

> 内心电影
> 你怎么样？
> 你
> 很好。
> 内心电影
> 可是说真的，你怎么样？今天你是不是觉得很难？

你有没有这样的感觉：

昨天一切都棒极了，你到达了第 45 页，为你的英雄找到了一个富有象征意义的成长场景。但是今天，你心里好像有一堵墙，可是你还是坚持着。

现在怎么办？

这正是第 45—60 页发生在你英雄身上的事，到你开始看到发生变化的时候了。

你是不是认识这么一种人：他因为体重超标而开始节食减肥，起初效果不错，他真的瘦了不少，但是马上他又开始胡吃海塞？

这是人类的一个天性：人类害怕改变。**内心电影定理：在改变发生之前我们努力想改变，可一旦改变真的发生了，我们又千方百计地阻止改变。**

第 45—60 页正是你的英雄一只脚踏上船，另一只脚还留在码头上的尴尬时刻，而你从第 45 页写到第 60 页就是要让他把另一只脚也从码头挪上船，只有这样他才能扬帆启程。

在第 45 页你的英雄的计划初见成效，而且也展示了成长。现在要把赌注提高。你知道的，你第一次做某事时肯定会很天真，你不知道将要遭遇什么，你需要这种最初的热情。你的英雄确定了他的目标并为之付出行动，为此他还多少成熟了几分，发生了一些小变化。他需要有所变化，因为现在他才真正认识到自己要达成目标究竟有多难。如果他一开始就知道踏上的是这样一条艰难险途，他也许会手足无措，所以现在某些程度上他已经是一个全新的人,一个已经准备好了去追逐自己的梦想的人。

现在怎么把这些内容分置于你剧本的第 45—60 页?

在第 45 页要第一次出现象征角色采取行动的场景,因为直到现在为止他都只是对形势作出反应。一旦他开始主动采取行动,那些障碍对他来说就不是惩罚而是考验。之前的障碍让他更脆弱,现在只会让他变得更坚强。让我们看到他是如何从问题中体悟并采取新的行动的。

构思时要遵循因果关系。一个场景的因引发了下一个场景的果,然后再作为因,引发下一个场景的果。举个例子,《窈窕淑男》中,经纪人对迈克尔说没有人会雇佣他,在下一个场景里我们就看见迈克尔变成了多萝西走进面试室。一个场景引发下一个。你的每个场景是从上一个场景自然演进而来么?是一个场景引发下一个场景么?单独的场景也许没有什么意义,但是把它们一个个连接起来就形成了一个完整的故事。所谓推进就是向前行进。随着我们的行进,你的人物也会更加清晰明确。

怎么改变行为

我们看着你的人物一路历经险阻,他必须学会在每个新场景中运用新的工具。

从第 45 页到第 60 页,障碍不断升级,越来越棘手。但是障碍越多,英雄就越机智,他已经准备好了应对每个新的挑战。

他明白他必须去承担一切,这比他想象中还要艰巨。之前这只是一个愿望,现在他才觉得这个梦想真能实现——在黑暗的尽头出现了一丝曙光。

征途漫漫,荆棘密布。好在他已经从发生在他身上的事情中学会了一些。他至少学会了两件事:(a)他已经长大成熟,已经回不去从前了;(b)目标离他越来越近,而且一路上他已经取得了一些成功。对你的英雄来说,没有什么比一些小成功更令他振奋、更激励他继续前行了。

怎么让这些在你的剧本里得到体现?第 45 页是一个有象征意义的成长场景,在那里他算是初尝梦想成功的滋味。到第 60 页他才全心全意地投入到追逐他的梦想。就像《乱世佳人》中斯佳丽攥着胡萝卜仰望苍穹:"上帝作证,我发誓再也不会挨饿。"电影的后半段她都执着于这一信念。

我遭遇的敌人就是自己

到了第 60 页，你的英雄将把他在第 3 页作为一个梦想陈述的目标大声而笃定地说出来。

现在你的英雄就要说出他的那句："上帝作证，我要。"

实事求是

也许你已经发现了，你自己也正经历着跟英雄一样的事情。关于你要写一部怎样的电影的所有想象，现在正在经历变化。幻想为现实让路，这也正是现实中真正的进展之路。

你现在正在经历的所有障碍都来自于你认为你应该去经历的和你正在经历的并不相符。消除这种不一致的办法就是每次只保留你真实的经历。放弃去想它应该是怎样的，这样你才可能享受它本来的样子。

好了，我们出发吧，从第 45 页到第 60 页。让我们看看你的英雄从第 45 页初始的成长到第 60 页全心的投入。让我们看看他如何克服艰难险阻，越战越勇。

第 5 天：头 60 页至第 75 页

跟你的人物一样，你也全心投入义无反顾了。你的人物已经说了："上帝作证，我将要……"这是你的人物的信仰宣言，他将始终信奉。

现在没有什么能阻止他了，如果你想让他证明自己，现在就是让他去证明和接受考验的时候了。尽管阻碍越来越多，但他终将以优异的成绩通过考验。

他离开他原来所在的地方就是为了去往他想去的地方，结果却发现自己吊在半空中。当你吊在半空中时，唯一能支撑你的就是你的信仰。没有它，你会摔个鼻青脸肿。但是现在他有信念，也有工具，你要让他在第45—60页变得愈来愈强。

在第 2 幕的前半段，我们看到了阻碍风险，现在该让我们看看议题风险。

什么是阻碍风险（Stakes of Obsatacle）？什么是议题风险（Stakes of Issue）？

第 2 幕的前半部分（第 30 页到第 60 页），你的英雄说："我要它。我要它。"而风险来自于针对他的障碍，这些障碍好像在说："你得不到它。你得不到它。"

然后到了第 60 页，你的英雄说："我会得到它。"他说这些困难无关紧要，他会把所有困难撂倒。他义无反顾。

现在他开始想把一个梦想变为现实，当你梦想成真时才是你必须现实地面对你的梦想的时候。

议题风险就是类似这样的问题："我真的要它么？""我放弃所有就是为了得到这个么？""现在我站在悬崖上，而它就在眼前，它真的值得我为它做的一切么？为什么我看着它感觉自己却不在这儿？"所谓议题风险就来自这些问题：他该如何现实地面对他的梦想。通过问自己这些问题，他现在愿意作出改变。

差一点得偿所愿

在《非洲皇后号》(*The African Queen*)中,凯瑟琳·赫本(Katharine Hepburn)和亨弗莱·鲍嘉(Humphrey Bogart)吃尽了苦头。结尾是这样的:他们身陷沼泽,绞尽脑汁地想摆脱困境,最终精疲力尽,相拥着沉沉睡去。摄影机拉出,我们看到他们离公海只有三尺远,是的,就差一点。

最合时宜的事件

在离公海只有三尺远的时候,我们需要放弃,因为之后会有一个事件发生——完美事件——在《非洲皇后号》里,是开始下雨了。

在第75页之前,有一个场景是你的英雄差点就放弃了他在第60页所表达的信念(《非洲皇后号》中这个场景其实发生得远远晚于75页,但是因为这是一个太出色的电影化形象,所以我们无论如何也得用它)。

他不得不放手

梦想终于成真的一刻,态度会发生重要转变。

内心电影定理:为了让梦想成真,必须把它作为梦想放弃。

然后转变发生了,怎么发生的?

因为一个事件发生了。在《非洲皇后号》里当他们愿意跟对方一起长眠时,关键的转变来临。他们为了目标精疲力尽地奋斗,却把另一个更重要的目标带入焦点。正因为他们放弃了,才使得这一事件有机会发生并最终将梦想变成现实。

做你该做的,自然会奏效

你可以努力去做某些事,为它勉强挤出一个其实并不属于它的空间。可是不管你如何豪情万丈,它还是需要别的什么,也就是需要你放手。要相信你已经做了你能做的一切。不要勉强自己做违背你意愿的事。

我有一个朋友总是在打电话,谈生意。她给我打电话慨叹从来没有人给她回过电话。也许这只是因为,除了电话她从不在别的地方和人交流。

别再闭门生造,让那个世界自己来找你。

从第 60 页到第 75 页,学习让你自己进入新的领域。做所有你能做的,然后任它去吧。

现在写 2 个小时,看看你的英雄能把你带到哪儿去——甚至有可能是一个你从来没想过自己会去的地方。

第6天:头75页至第90页

(一大早请先读今天内容的第一部分)

嗨,今天你要疯了。你恨不得自己消失。你觉得这本书简直就是_____(你自己填上这个空吧),你想揉烂它,撕碎它,把它扔得远远的。你沮丧,你困惑,你想放弃!

好极了,这就是今天的作业——放弃。

今天一整天什么也不用做,也不要想你的电影。每次一想到你的电影,就重复这一内心电影定理:如果你去往你不知道要去的某处,你会到达的。(如果这起不了什么作用,好,就把它当一个大脑绕口令好了。因为直到现在为止,你一直专注于解决你的人物的中心问题。现在你的大脑需要从这个问题模式切换到解决模式。所以现在出发,让你的大脑转个方向。)

稍后——问题解答101

如果你有一个问题,把这个问题表述出来,这很简单。但是为什么你还有问题?原因是:你没有表述问题,你表述的是答案。而且你表述的答案并不正确。

内心电影定理:如果你表述答案,那你还会有问题;如果你表述问题,你就可以轻松地解答它。

打个比方:

你需要找个梯子爬上天花板,你找不到梯子,所以你没法爬上天花板。

梯子就是爬上天花板这个错误问题引出的错误答案。

真正的问题是灯泡坏了。

现在列出十种跟灯泡坏了有关的行为,除了梯子之外。

就在我们无休无止地追问寻找做某事的最有效方法的时候,往往已错过了最好的方法。

现在你可能会问:"解决这个问题跟第6天有什么关系?"我很高兴你能提出这个问题。到目前为止,你的英雄都在努力为他的问题找一个答案。

他已经表述了他正在寻找的这个答案,却还在寻找它。

但是他没有找到他的答案。

是某些事找到了他。

内心电影定理:向前走,去寻找,但是最终是它找到你。

现在到你的第 75 页到 90 页

一旦第 75 页的事件发生,你的英雄就有可能抓住这个事件的机会。如果这一事件发生在你电影的开头,可能会毁了他,但是现在他变了。记住:他思维方式的变化是通过行为的变化来体现的。这个事件的发生给了他机会去展现他的新变化,因为如果他不亮出新本事,这个事件就会摧毁他。所以是这一事件让他更加强大。

从 75 页到 90 页,你的进展会很快。你的英雄爬上山顶,又瞄上了山那面的急流。没有什么能阻止他,也阻碍不了他身边的事件发生,他尽力跟上事态的发展,甚至是掌控事态的发展。他已经不是在跟激流作战,而是能控制支配水流。他的生命已经发生了变化,当初他万万没有想到会这样,这完全超乎他初始的期望。

比如,他并不期望找到一个女英雄,但是她帮了他的大忙。如果没有她的帮助,一切可能都没法发生。他走上山顶是为了发现自己,走下山来的时候已经多了一个她。他找到她其实是因为要找到自己,而她是他达成所愿的额外大礼。如果他爬上山顶是去找她,也许他下山的时候找到的却是他自己。

看看你的剧本,在这个节骨眼上,英雄得到的是不是比预想中的还要多?

这时回到自由初稿。你也许对你的 75 页—90 页不是很满意——这是因为你还在向你既定的答案推进。让它自然发展吧。别担心你的人物磕磕绊绊、绕来绕去,没关系,答案最终会找到他的。

前进。写 75 页—90 页。快速地写完它,以高涨的激情一气写完那一场接一场的惊险动作场面,让它们给你惊喜,给你意外。尽可能简单、快速地写完它。

前进吧,去见证你人物的成长。

第7天：头90页至第120页

> **内心电影**
> 猜猜今天会怎么着？今天你要写30页。
> **你**
> 30页，哦，不。

这可能是你从开始以来最轻松的一天，你今天的写作时间不会超过3个小时。

这30页需要做的是：

你得把我们从危机带到结局。我们需要解开所有的结。开始的一切现在都要结束。你要给出故事的答案。现在回答这些问题：

- 你的英雄得到他想要的了么？
- 最后他必须放弃什么来得到它？
- 结尾时的他和开始时有什么不同么？

还记得你电影的第一个场景吧——看看最后一个场景能否回应这个场景，我们将这个场景称之为**首尾呼应**（bookends）。如果第一个场景是战时两个年轻人在纷飞战火下躲进一辆敞篷难民车并因此结成夫妇，这个影片讲述的是他们共同生活的故事，那么最后一个场景就是他们五十周年金婚纪念典礼——他们终于有了一个真正的婚礼。看看你是否能找到一个首尾呼应的场景，把它快速记在3×5英寸卡片上，然后从它开始往后倒。

做一个表，列出你需要处理的所有要点，因为你必须解析所有的动作。把它们分别写在一张张3×5英寸卡片上，无须叙述得明白无误，只需写一些要点（比如"需要解救马，发现牧场主被枪杀"）。准备好所有需要解开的"疙瘩"的卡片，把它们按动作发生的顺序排好，从第一个事件到最后你的呼应场景。记住第3幕就是答案，所有的问题在这里都将得到解决，要干脆利落。

现在在心中回放第3幕，应该有很多细节，很多感人场景，当然也会有显而易见的漏洞。在这个时候这都很正常。把这些漏洞留给你改写的时候，反而更能促进你思考。

好了,就是这样了。大结局。这一路所有你拾起的和你追逐的,现在你终于能以一种全新的角度将它们都放下了。

记得你看一部电影开始上演结局时,心底按捺不住的那种兴奋和美好的感觉吗?当狼骑终于找到失落的法柜,打开它①;当亨弗莱·鲍嘉和英格丽·褒曼在《卡萨布兰卡》机场最后相见——多么富有戏剧性的场景啊。给我们安排这美好的结束时刻吧。

准备,开始……

结束

你做到了,它完成了!你真了不起,赶紧来庆祝一下。

除此之外今天你什么也不用做了。

---

①《夺宝奇兵之法柜奇兵》的结尾场景。——译者注

第 8 天：休息

祝贺你！万岁,你已经有一份自由初稿了。好好高兴一下,去吧,让自己放松放松。

今天你休息,但这并不意味着你没作业。

你休息得如何会直接影响你剧本的最终成果。

下面就是你的作业。

你是不是觉得自己的初稿糟得就像一只小狗扒拉出来的？如果是这样,就在脑海里修改稿子——明天你还可以改写它。今天我们对你的要求就是放肆地、大胆地、疯狂地放任自己沉溺在"你已经是一个剧作家,你已经写完一个剧本"的喜悦中。让人们来向你道贺;带你上餐厅大吃一顿;给自己搞个聚会;好好爱抚一下你的小狗。

给你的身体一个特别优待——奉上它最爱的食物,在躺椅里惬意地睡上一觉。

如果你不犒劳你的身体,就没法要求它去做艰苦的改写工作。接下来,你和你的手之间将有一场战斗,而你未必能赢。所以慷慨地犒劳你自己吧,这样你的身体才会乐于跟你合作,因为这样它就会知道在下一段工作之后将会有更大的奖赏等着它。

这经验来自我的身体。

> **身体**
> 让我把话说清楚……你让我跟你一晚晚熬到天亮,今晚你又想这么干？哦,不,宝贝,除非我们……我们先去买买东西、逛逛街。

所以你的任务就是对自己好。但是这还不够。

挺奇怪的,这 21 天我们都是让你写剧本,只有今天这一天需要你舒展放开。因为在你开始改写剧本之前,你必须先经历一些变化。

首先,你得放下你的剧本。能走到现在全凭着你认定自己可以做到的信念,你于虚空中抓住思绪,从无到有。它本来是在你的脑子里,现在它就摆在桌上,拥有了自己的生命。我喜欢援引乔伊斯·梅纳德(Joyce Maynard)那句说出生在家里的孩子的话来形容剧本的诞生:"房里原来有三个人,尽管再没人走进这扇门,现在房中的人却变成了四个。"

在此之后,我们还需要切换感知的方式。你得肯定你的剧本诞生的价值,现在它需要的只是生长。你不必再重新给予它生命,你已经完成了这初始的第一步。超越了这初始的第一步,你需要做的只是完成它。

你需要以另一种方式与它分离,为这些写满字的纸全情投入、嬉戏玩闹、绞尽脑汁的那部分你已经重获自由。之前我们鼓励你听从内心写作,现在我们要你的大脑来改写。之前我们问"如果……那么"是为了拓宽和打开思路,现在我们问"如果……那么"是为了使它清晰和明确。

注意在完成自由初稿的这整个星期里你已经养成了一种惯性,也许是穿同一款衬衫,也许是你总吃辣椒。看看你能否找到自己身上的这种惯性行为。它是你的潜意识运用的一种重要工具。如果你没发现,那就仔细检查你每天写作之前固定不变要干的事情。现在我们要做的就是给你的惯性行为再添点什么,它能提醒你的头脑你还在继续写作,但现在你的头脑已经获准加入自己的理解与认识。

举我生活中的一个例子吧。写剧本的头一天早上我戴着我的棒球帽,所以自由初稿阶段我一直戴着这顶棒球帽。当我进入改写阶段,我换上了我的酿酒帽(因为酿酒帽通常是在酿酒厂里戴的,而通常我在剧本完成时候会喝一瓶香槟,由此我的头脑也得到了一种奖励的暗示)。

当然这个举动对你来说也许太古怪了。找到你自己的惯性行为,然后给它添加点有所帮助的细节。

最后一个任务:当你7天后第一次从你的初稿中抬起头来,你可能会经历一种视差感:看慢动作时会视线模糊。你的世界已经改变了,但是其他人还是一如从前。他们不知道么?他们看不见么?你试图改变他们。其实你应该做的是改变一点自己。这里我们追求的也是感知的切换——留意那些你通过完成初稿得到的人生智慧。

基于你在剧本里探讨的中心问题,找到一种你存在于这个世界的新方式,你和人们之间的关系有什么不同?你会重新考虑哪些情况?关于你想要的和你需要的,自由初稿教给了你什么?

　　回答这些问题,明天我们再重读初稿。

第9天:好,坏,丑;通读你的自由初稿

今天你不能做的事有:

评价你的剧本;自问"我是个剧作家么";哭泣。

好坏都是一个字,但是你的剧本不属于它们中的任何一个,而是两者都是。你不能问:"它好么? 它烂么?"你只能问下面这些问题:

- 这个场景行么?
- 这里我想要展示的是什么?
- 我们能用别的方式更好地展示它么?

你现在拥有的是一个还在创作中尚未完成的作品。今天的日程安排就是看这里都有些什么,还需要加上些什么。

如果你现在就评价你的剧本,其实是在评价你自己。你当然是个剧作家,因为你已经写完了一个自由初稿。至于你是哪一种剧作家,得等到改写结束了才能见分晓。

你该做的是到最后为你是一个剧作家而欣喜,而不是半途中就开始瞎操心。

远离关于自我评价的任何问题,因为你现在该关注的只是完成剧本。

你已经给予它生命,现在看看这个孩子是什么样子。从期待转换到参与。让它赋予自己生命。

好了,快速、大声地朗读你的自由初稿。找个位子坐好。全程都如此。不要因为觉得它不忍卒读或者完美无瑕而跳过任何一个场景。一视同仁地把它们朗读出来。你可以做一些简单的笔记,但今天是朗读日,不是改写日。

这就读吧。

现在,怎样?

把你的自由初稿通读一遍是一次很奇妙的经历吧?

尽管我们说了不要做任何评价,但你肯定还是有所评价的。

你知道自己怎么样,你知道剧本里有什么,缺什么,还有一些你本来很担心的地方。可是事实上完成得很不错。

跟你预想的不一样,是么?现在马上看看你的视觉道具,重燃最原始的念头,然后把你原来想象的和它现在的样子结合起来。

问问你自己:

- 我讲的是我原来想讲的那个故事么?
- 它忠实于我最原始的感受么?

创作剧本会让你去探究你的中心问题,直到你自己可以回答这个问题,而回答主题往往会改变主题。

假如你开始想证明世界是邪恶的,每个人都身处险境,但是在你的人物与恶魔交战的时候,有些事情发生了。你发现恶魔其实就在他心中。现在你的主题变成了:世界的面貌取决于你自己的创造。

现在你的任务是既坚持你初始的意象,也要允许你用探究那个意象时所学到的去改变这个意象。

带着以下问题回到你的宣传语:

- 这还是你想写的那个电影么?
- 这是你刚写的那个电影么?

在总览剧本全貌之后,明天我们会聚焦到每一页。今天只关注大局,好比你刚刚看到它在大银幕上演,现在有人问你观影感想如何:

- 你知道它是关于什么的么?
- 你能否认同这些人物角色?
- 这个电影是关于你预想的主题的么?

现在在地板上躺下,享受大地的怀抱,好好休息一下。你的脖子是不是有点僵硬?让这一切都过去吧。你已经写完了。现在你要做的只是改写而已。

Chapter 8
你的改写稿:用脑改①

YOUR REWRITE DRAFT: REWRITE FROM YOUR HEAD

第 10 天:改写第 1 幕;第 1 页至第 10 页

你会爱上今天的工作的,这部分真的挺容易。如果有必要,你会变得既聪明睿智又善于分析。你会运用自己固有的特长和真正的专业头脑。希望你能从今天的工作中得到乐趣。

超越自由初稿

如果你平时总爱念叨什么"戏剧性要素"、"情节连续性"或者"合理性动机",那么今天你有用武之地了。

让我们来说说你的剧本吧。

我知道我还没读过它,但是这不碍事。

不过既然我们现在不是在同一个房间面对面交谈,我需要问你一些问题,这样我们才能有一个清晰的定位,才能知道你的剧本需要改写哪些地方。

---

① 作者的"用心写"、"用脑改"可以理解为"用感性思维去创作"、"用理性思维去修改"。
——译者注

你是谁？

你的头脑聪明么？你一切都听从你的大脑么？你看报时如饥似渴么？你对世界局势感兴趣么？当你和朋友进餐时，你更愿意谈论政治问题而不是你的感情生活么？

我们给你命名为杨。

你是一个直觉很灵的人么？你总是听从心灵的指挥么？你对生活的见解都来自于个人的观察么？当你和朋友进餐时，你愿意谈论任何事吗？你还记得当天吃的什么吗？

我们给你命名为殷。

杨：你的剧本结构也许都取决于外部事件和动作。往往是悬疑、惊悚和犯罪—动作—历险类型。你有一个强壮的英雄，但是我们对他所知甚少，就像克林特·伊斯特伍德或杜克①。

殷：你写的也许是一个内心故事。人物身处自我发现的旅程之中，主题是爱和自我成长。它从小处着手，但视角深刻。

杨：你在结构方面很擅长，也许你对剧本的这方面很满意，但是故事总显得平淡而冷清，所以你认为应该加入更多的动作。试试走另一条路。每次故事好像要变得平淡或者缓慢的时候，聚焦到英雄个人身上，给我们设置一个宁静的场景，更多地展现英雄自己。教你一个方法，你可以问你的人物一些个人问题。想象一下你和他一块儿上高中，追忆一下往事，写一页你们两人之间的谈话。谈话和对白不一样。可能在你的剧本里他常常蹦出一两句妙语，比如："动手吧，让我今天痛快一下。"而在你写的谈话中，让我们看到藏在这些妙语后面的真实感受。你不必把这些谈话用在你的剧本里，我们只是想让他跟你谈话，这样我们起码能够对他有所了解。你可以告诉我们他的感受，当然对于人物来说，最好的无疑是直接向我们展示他的感受。

殷：你也许很喜爱你的人物形象。你知道你有很多很棒的场景，但

---

① 这里杜克代指的是西部片代表人物约翰·韦恩（John Wayne），韦恩在1932年影片《拳头正义》（Two-fisted Law）中扮演的人物就叫杜克。——译者注

是你没法真正说清它们是关于什么的。你不确定这到底是不是一个故事。你的剧本很长。你估计第 1 幕最少也该到第 45 页,也许甚至要到第 60 页。你不太确定。

我得对你说出最可怕的那个词。我希望你坐下来听。你必须——删减。

一个剧本需要无数个场景来推动故事发展。在你的剧本里每个这样的场景起码有三个不同版本,你要做的是,读每个场景,然后问:"这个场景通过什么来推动故事发展?"找到同一目的的其他场景,然后把它们合并。你能把所有相似的场景合并成为一个精彩的场景,逗人捧腹,展示人物,证明你的才华,但是最重要的是推动故事向前发展。你可能会炮制出我称之为"自我乱炖"的东西——就像一个汤锅,你扔进去逗人开怀的笑话和精彩的写作片段,看似丰富,但却不适合你的剧本。我知道这席话可能很影响你的情绪,但是一旦你明白了真正的才华是简单而不是复杂,你和你的剧本都会好起来的。如果你执意要让你的英雄继续自我卖弄,博人好感,结果是他并不招人待见,我们甚至都想朝他扔西红柿。

让我们更加个人化

现在你有这样的感受么:你想出走。你想走出困境并改变生活境况。在最开头的几页,你的人物会转到一个新部门,或者干脆丢了饭碗,或者还有其他一些人物从蛰伏到行动的方式。你的人物的第一个动作喷发点其实就是他潜意识里一直希望的结果,这是结构的一个重要元素。我们需要知道你为什么选择让故事在这一时刻开始?

为什么你从你开始的地方开始?

你的英雄刚开始采取行动就陷入困境了么?中心问题你从来没有弄清楚过?你曾经多次改变过中心问题?那么你在第 30 页可能会遇到大麻烦。

从第 1 页到第 3 页,你让人物出发,但是他却在第 10 页驻足不前,因为尽管他已经离开了他曾经待的地方,却不知道自己该去哪里。你的剧本开始折回去,讲述他的过去,你也许还会用**闪回**(flashback)的手法来表现。

但这都无济于事。你讲的故事是他**身后的故事**（backstory），人物的历史。他还在那里，而不是在这儿——你告诉我们的都是他曾经在哪儿，而不是他现在要去哪儿。

我怎么才能从那儿到这儿

想想你的整个第 1 幕。你把你的英雄扔在第 1 页的世界里，然后却发现到了第 10 页他撞在门上只能回来？他是迷路了还是在第 10 页到第 30 页之间打了个盹？检查比喻。是不是他拖拽着多余的包袱？或者他的表停了？检查对白。次要角色是不是在问："马蒂在哪？"

你是否有以下两个症状：

（1）自由初稿中你是不是在到达第 30 页时就冷冰冰、硬梆梆地停住了？

（2）在前 30 页你已经写了关于英雄你知道的一切，但是直到第 30 页都没有任何事情发生。

解决的方法是：

你的第 30 页才是你的电影真正开始的地方。现在看着它，看看这样能不能让第 2 幕瞬间活起来？

这样一来你感觉到轻松了么？就像一个脊椎按摩师将你错位的脊柱重新对齐那样？好极了。

现在你该怎么处理第 1 页到第 30 页？保留它们。只是要加上第 3 页和第 10 页的宣言，这样就能带我们进入到故事中。有什么你不需要的背景故事的场景，统统删掉。这样你将自如地推进故事发展。

好了，今天的大局工作就到这了。

聚焦放大（zoom in）

现在我们来改写第 1 页到第 10 页。

今天你得切换模式，得从用心模式切换到用脑模式。

今天以前我们都是在纸上疾书，现在我们得填上那些漏洞裂缝。

从第 1 页到第 10 页再读一遍。

你的第 1 页应该有一个比喻,这将是关于你的故事主题的重大线索。

举几个例子:

- 一匹雄马在狂奔,然后切到身陷囹圄的主人公——这个故事是关于自由的。
- 主人公被自己的脚绊倒——这个故事是关于他学会挣脱规定的人生路线。
- 一辆发动不了的车,这是个关于你的人物如何从静止到行动的故事。

找到这个比喻。你在第 1 页想告诉自己什么?看看,你并不曾刻意为之却浑然天成。花一点时间来研究一下你最初的比喻是如何告诉你整个故事的主题的。

你的"改写部分"应该为提出如此完美的比喻向你的"写作部分"致敬。

现在你要做的就是搞清楚这些比喻意味着什么。

自由初稿就像一个梦,初看似乎只是些离奇古怪的形象,但突然之间就会获得意义。

如果你有一个突出古怪的形象显得格格不入,那么问问你自己它为什么在这里?似乎它并没有错。**内心电影定理:如果你不知道它为什么对,就只有宣告它错了。**

第 1 页

看看你选择写在第 1 页的场景,从中我们能读出一些背景故事么(比如,一个披着婚纱的年轻女孩骑一辆摩托逃离婚礼现场)?换句话说,我们能否感觉到这个人确有其人,有他们自己的生活,而我们只是现在才加入到他们的生活中而已。你告诉我们故事的地点、事件、基调么?如果它是一个喜剧,第 1 页是不是就该有个笑话?我们能品出你呈现给我们的这个世界的味道么?我们见到你的人物了么?

寻找什么?

你的第 1 页是不是被细节塞得满满的,你捕捉到每个细枝末节,也没有遗漏掉一个手势?你是不是精打细磨,力求完美?你是不是以此为傲?现在再看看你的第 1 页。摄影机角度你也都想到了,每个人物和地点都有不少于三个的细节介绍。你的第 1 页是不是差不多全是描述?可别再这样了,你可以选择三个词来代替这些密不透风的细节。

给我们一张概图就行了。让我们找到那种情绪和气氛就行。是的,选择那些能够带给观众信息的细节,要精而简。时尚女王可可·香奈儿(Coco Chanel)说过:"打扮停当——然后在你临走出门的时候,再取下一件珠宝。"言下之意:不需要的添一分都太多。现在检查一下有哪些细节你可以删减。

附注:你现在写的是用来读的剧本,它在被用于拍摄之前首先是用来读的。首先得让读它的人感兴趣——所以得用文字绘画。(众所周知,百分之八十的制片人只读百分之二十的描述①。)

如果你很有视觉想象力或者以动作为导向,你也许有不少挥汗如雨的场景——下飞机,穿过机场,钻进轿车,上高速公路。可发生了什么?运动不等于动作,如果这一切对揭示人物或故事、情绪、气氛没什么帮助,所有这些视觉"噪音"也就没有任何意义。记住,用动作代替运动。

节 奏

我们说过,1 页纸就是 1 分钟。盯着你的房间 1 分钟,就会发现 1 分钟真的很长,我们的眼睛能在极短的时间内快速浏览画面,读取大量信息。一个画面抵过千言万语,让我们看到画面。

列表写出到第 1 页结束时我们知道的所有事情,最好有很多。至少要有十件用来展示视点、地点、人物、舞台、时间、情绪的具体事实。

---

① 指剧本中你描述某人某物的文字,而剧本与小说完全相反,描述越短越好。——译者注

如何表述你的中心问题

你的人物不必走上讲坛直接开口陈述中心问题。没必要让一个形容憔悴的家庭主妇一字一句地说:"七年来,我的丈夫一直打我,我必须摆脱他,因为对我来说最渴望、最重要的就是自由。"

展示,不要告知。看看下面的例子:

> 内景　被洗劫一空的公寓房间　夜景
> 　　丈夫出去,砰地关上门。凯,颤抖着,看着金鱼缸上自己肿胀眼睛的倒影。
>
> 　　　　　　　　凯
> 　　　　　　（对着鱼）
> 　　至少你还自由。

这句台词有好几个作用,首先它告诉了我们一个关于凯身处困境的故事。它还展示了她对自己处境的感受,她是如何应对的,她是什么性格。另外重要的是这句台词也预示了这个绝望的女人,这个只能对着金鱼说话的女人,她渴望自由。

你能说出第 3 页和第 10 页上都有什么吗? 告诉我们你的故事是关于谁的,是关于什么的。

下面这句台词就是很好的示范:

> 　　如果我不能抓住那些家伙,我就没法再在这里露面了。

这个场景是什么? 怎么让我的场景精彩?

在最后、最好的时刻进入场景。一个场景不需要开头、中间、结尾,它只需要关注动作和事件。

问问自己你要展示哪些? 你甚至可以列个表,然后让你的想象力去提出展示这些的最好方式。它不必一定拘泥于一个场景里,可以是一组快切镜头。

一切都服务于展示你需要展示的。

你也不必让动作结束在一个场景里,因为可以有下一个场景让动作继续,你只管把我们需要看到的展示给我们好了。以因果关系为思考模式。因和果,这个场景是下一个场景的因,而下一个场景则是上一个场景的果。

用这些问题来检验你的每一个场景:

这个场景的目的是什么?

这个场景是达到这个目的最好方式么?

我需要这个场景么?它能推进故事么?我传达信息了么?这个场景是从前面一个场景演进而来么?是前面一个场景引发这个场景么?这个场景是前面一个场景的果么?

我的故事是在发展么?观众知道得更多了么?

现在我的英雄和上个场景里有所不同么?

我知道他从哪儿来,要往哪儿去么?

这个场景是否反映出我对故事如何推进的设想?

我的英雄是不是停下动作说:"今早我们来谈谈?"

我让太多的时间浪费在动作和情感表达之间的缝隙中了么?

我是停下一个动作,又另起炉灶创造了另一个动作么?或者我是通过事件一层层地叠加来让动作发展么?

作者提问

问: 我该怎么办?为什么我的对白总是浮于表面?

答: 我们希望到现在为止,你创造的场景都源自真实生活,而不是来自你记得的电影。打个比方说吧,如果现在有人拿着一把枪指着你的头,想想你自己会说什么,而不是去回忆你看过的无数电影类似场景里听到的陈词滥调。看看你的对白,它是否充分揭示了你的人物和他人之间的关系,或者只是:"嗨,乔!""嗨。""这是莎拉。""很高兴见到你。"这样毫无意义的客套。

问: 我有很多描述,就是没什么事件发生,我该怎么创造出更多的动作?

答: 正是因为你描述得太详细而压制了你的动作。不要告诉我们那些我们在描述里看不到的东西。你的人物是不是说的总比做的多？挑一个这样的"话痨脑袋"①(talking heads)的场景，现在决定这个场景应该传递什么信息，试着仅用动作而不是对话来完成它。现在就做。

问：我的故事其实基于一个真实发生的事件，但是为什么到了我的电影里就像假的？

答：那是因为你没有说出全部的真实。如果你有一个真实的故事，但是你说出的却是编造的部分，我们不仅不会喜欢这个故事，而且还会认为它虚假。

说出你的真实，它对其他人也一样是真实的。如果它对他人不是真实的，那只是因为你没有讲出全部的真实。别再保留，真实正是这个故事的价值所在。

说了这么多，应该足以帮助你完成头 10 页。今天的任务就是它了。我们已经告别了大全景图阶段，现在需要落实到每一页。

今天做什么

如果你还没有从全景思维切换到具体思维，那么在改写第 1 页至第 10 页之前，你应该先出去走走。如果说在自由初稿中，我们看到的是整座森林，那么现在我们看到的就应该是一棵一棵的树。

开始改写之前，还可以做些活动来释放你的创造力：听听音乐，然后深呼吸，闭上眼睛，向头顶方向转动眼球，你可以感觉到眼皮在跳动。现在你处于 α 状态了，就是一种脑电波很活跃的状态。

记住：一个艺术家应该带我们用眼睛穿越、洞悉他的图景。他让我们既看到表层，又体会到深层。现在你需要用心灵将我们带往那个你要我们体验的世界。

去改写第 1 页至第 10 页吧。

---

① 指通篇都是一个人说完，镜头切到另一个人说，然后再切回来说的那种电影，因为都是人物特写接人物特写，所以业内戏称为"talking heads"，而这种写作通常也是业内引以为戒的写作方式。——译者注

第11天:改写第1幕;第10页至第30页

怎么写一部电影?

我们来说几个电影写作的基本技巧。你可能会奇怪为什么我们之前从来没有提过这些。这是因为你也许自然而然地就掌握了这些技巧——你一生中看过这么多电影,你完全算得上一个专家了。但是因为你可能会在改写的过程中用到这些技巧,在这儿我们把它们列出来。

呈 示

讲话既不费钱也不费力,不过在电影里另当别论。在电影里,太多谈话会让你付出很大代价。

别让人物来告诉我们故事,那可是你的活儿。你需要展示,而不是告知。你选择这个人物,这个地点,说这些台词,都是在以艺术方式向我们展示比任一单个元素都多得多的东西。

今天你要关注的是你剧本中的呈示部分,如果你在什么时候停下动作来给我们一些信息——看看你是怎么做的。在这个场景中我们还能看到其他什么?从第10页到第30页,你的所有场景都必须一个垒一个,作用无外是给出人物信息,创造情境。第1幕的作用是建构所有的新东西。到了第30页,我们创建一个新世界的工作必须全部圆满结束。所以在30页之前要完成剧本的呈示部分——记得要展示,不要告知。

对白不是谈话

我们来看一句对白,只有三个字的对白,看看它究竟能包含多少故事。这句对白就是:"快啊,刘。"现在假设你是一个演员,在下面每一个情境下都把这句话说一遍:刘是一只老狗;刘是一只小狗;刘是奔驰在肯塔基州德比山脉的一匹头马,你所有生还的希望全寄托在它身上;刘是一个男人;一个女人;一个男孩;一个女孩;一个想和外星人一同离开地球的人类;一个赏金勇士;一个先知;一个死在朋友臂弯里的车祸罹难者。

你是否体会到对白对故事起到如何重要的作用?三个字就能说出整个

故事，而你需要做的就是选择它的上下文。现在看看你的对白哪些地方说得不够好，然后重新写过。

电影里没有自省(introspection)

我们能看到人物做了什么，我们能听到人物说了什么，但我们看不到也听不到他们在想什么，除非有画外音告诉我们他在想什么。但这正如同我们真实的生活。你唯一能够了解的就是你自己的内心。那么生活中你是如何学会读懂别人的内心想法的？

怎么读出思想？

是不是有人曾对你说过："我没生气。"

想想你是怎么理解这句话的真实含义的。这个人真正需要什么？想要什么？你又是如何知道的？除了别人直截了当地告诉你之外，列出二十种你读懂他人真实感受的方式。

怎么读对白

现在你已经知道了至少二十种揭示人物内心想法的方法，你可以用它们来揭示你的人物。只有我们认为没人在听的时候，只有我们认为自己在说别的什么的时候，我们才会说出自己内心深处的真实想法。

举个例子：我在一个监狱的作家讲习班做顾问，有个囚徒一天到晚一言不发，我问他："你觉得如何，杰拉德？"突然仿佛房间里所有人都屏住了呼吸。由此我得到关于这个集体的一个信息：别理杰拉德。

我问他晚上一个人在自己的牢房里努力写他的故事时有什么感受，他描述自己如何思路堵塞，都喘不过气来，甚至血液都一会儿凝滞不动，一会儿又突然在体内奔蹿。他目光呆滞，站起身来大声自言自语，语无伦次；他用拳头握着铅笔，将它一次次刺向空中。他认为自己说的是创作困境，但我意识到他描述的其实是他曾犯下的暴力罪行。

故事瞬间

他跟家人共度的最后一个感恩节发生了什么？所有人聚在一起，一起吃饭，看足球赛，洗刷碗碟——但是这些只是表象。作为编剧，你要透过表象，看到真正发生了什么。现在找到有故事的瞬间（比如爸爸偷偷地喝酒，妈妈假装没看见，把酸果蔓汁滴到女儿的大腿上，女儿跑到儿时的房间里，和她二十年前的玩具泰迪熊一块儿坐在摇椅里），向我们展示那些真正该看的东西。

你也许已经发现了，你会为你的英雄保守秘密。别的人物更为清晰，因为他们外在于你，而英雄的细节因为对你来说太显而易见，反而不太清晰。去，揭示它们，要说实话。

作者提问

问：我写的是一个闹剧，需要设置12位主要人物，我该怎么做？

答：闹剧比较特殊，因为从第1幕故事建构到第2幕的第一个高潮，中间过渡得很紧密。想象你自己是一个穿着滑稽的演出服的专业杂耍艺人，用视觉噱头完成人物设置。因为闹剧依靠的正是打破常规逻辑，你可以在同一个视觉场景里安排几个人物和情境。看看你的头20页，同一个场景你可能写了三种版本。现在将三个版本合而为一。浓缩。你也许只保留了三分之一的笑话，但是有趣指数却是从前的三倍。

问：我的所有人物都说得太多，而没有动作，这不是因为我认为动作就该告知而不是展示，我只是不知道应该给他们什么动作。

答：如果所有人都高谈阔论而没有什么举动，这个故事可能只跟某个话题有关，而不是关于身处这一情景的某个男人女人的故事。马上让它个人化，如果他们是在一个餐厅里谈话，就让他们说："人们没有感情，因为他们害怕亲密。"他们现在谈论的是他们自己了。把动作扔给他们，让他们接着：侍者开小差把火苗溅到杰基身上，杰克抓着杰基帮她熄灭火焰，她的衬衫在他手中撕成碎片。现在看看他们怎样应对这样的亲密时刻。

如果你发现你自己正写着一些崇高飘渺的言论，回去描绘一下你的英雄是如何被他的世界所影响的。作为电影编剧，你不是来拯救世界的，世界挺好，你的使命只是为生活交响曲贡献你的一段清晰的乐章。而这已经足矣。

好了，我们来改写

看着你的第 10 页到第 30 页，你展示了我们需要知道的每件事么？主人公出现在大多数场景里么？我们有机会去明白他的问题是什么吗？他的问题是什么？

一个场景叠加在一个场景之上，层层递进，愈来愈强，这很重要。看看你的场景，如果有相似的就合并它们，让故事迅速地向前发展。注意场景的节奏。它们快么？场景与场景之间留出了足够的时间让你处理该处理的一切么？或者你给出信息太慢——直到第 30 页他和她在地铁里碰面，我们才对他和她略有所知。不管节奏如何，它是不是正在渐渐向顶点推进？它是你想要的那样子么？

第 10 页到第 30 页的性质是这样的：

想想你是怎么碰到某人并与他成为朋友的。

你向他介绍自己。你对他的第一印象。你对他有了大概的了解。你们简单交谈，你对他生活中的爱好也知道了一些。你对他了解不多，但是你起码知道一件事，那就是你喜欢他。这就是第 1 页至第 10 页的友谊。

第 10 页至第 30 页可能是你们俩在一起，你对他加深了了解。友谊在开始阶段往往是躲躲闪闪的。你们给彼此打电话，又好像总是对不上时间，当你建议去他家找他时，他也许会觉得唐突，把电话挂掉，而你不知何故。之后你真正了解了他，并且来到他的家中，才知道他之前只是不好意思，因为他的家简直就是个垃圾场。你发现随着了解的加深，你对他的印象也在发生变化。以前你对他感兴趣是因为不了解他，但现在你对他感兴趣却是因为了解。

这就是你的第 1 幕——友谊。让我们去了解你的人物，让我们成为他的朋友。

第12天：改写第2幕；第30页至第45页

你有过这样的经历么

你为一次旅行兴奋不已，为它做了好几个星期的周详计划，你知道它肯定是一次完美的旅行，因为你已经把它的每个细节都想象了一遍。

旅行的日子真的到了。你的闹钟没响，你醒来冲出门又忘了带上你的雪橇——你本来都预想好了，就穿着它站在坡顶，让大山的荣光匍匐在你脚下。

你最终赶到了机场，预定的座位被抢走了。你登上飞机，得到一个中间的位子。你日思夜想的梦幻之旅，就从一路恨不得杀死一直挤着你的那个邻座肥佬开始了。

生活就是这样。

计划永远赶不上变化。如果你努力想让现实完全符合你的计划，最终的结果必然是挫败和沮丧。不要妄自想象，最好顺应现实。

这也正是你发现自己正在做的事。不要竭力让故事成为你想要的那样，而不去看它现在是什么样。你应该看看你现在已经得到了什么样的故事，从这里出发。这样整个故事就会往前向一个新的方向发展，而不是退回到原来的老路上。

看看你的主人公，他也是由期望变成参与么？他是不是死抱着原有的计划，而对正在发生的事情置若罔闻？他是否看到了真正发生在他身边的事情？他能把这些新情况纳入到他的计划中？

斟酌你的宣传语

他得到的是他想要的么？通过自由初稿，你发现故事比你最开始想的多了些什么？

你的宣传语适合你已经改变的信念么？如果你已经改变了你的想法，那么也改变你的宣传语。没关系的，调整你的宣传语让它和你保持步调一致。

初始的成长场景①应该出现在第 45 页左右,它为故事的去向提供了一个很好的线索。

在这儿让我们花一点时间聊聊当初你是怎么想到你的故事的。

你最开始准备写的时候,是不是不只有一个故事,而是有三个?你是不是先跟着一个走马上又对第二个产生兴趣,然后第三个又突然后来居上,全盘接管,成为你现在的故事?

好了,别担心——它们都是一样的故事,尽管一个可能发生在十七世纪,一个可能是关于有毒废弃物的,但它们都是一样的。这些看起来完全不同的故事反映了你的潜意识在试图找到一个最好的比喻(在很多可能的故事想法中)来探讨你当下生活中的议题。就像地图上很多不同的路线最终通往同一个终点,你可以有不同的选择,但殊途同归。所以你的故事主题始终不会变,尽管写作路径会发生变化。

在你斟酌你的宣传语的同时,也想想另外那些你没诉诸笔端的故事,看看它们是不是想讲述同一个故事,这样你就会更加明白你想讲的这个故事到底是什么。

如果你的一个故事里有个十几岁的英雄,另一个故事里的英雄有 45 岁,这两个故事其实只是从两个不同的角度来叙述相同的经历罢了。你的潜意识找出你的故事,而且还为你探测出可能解决这一问题的年龄范围。你的故事一般都是关于你的生活面临什么问题以及你是如何解决它的。

举个例子,38 岁的你刚刚经历了婚姻的失败,而你不知道什么地方出了问题。你也许就会写一个故事:主人公或者是 19 岁新婚燕尔,或者是 50 岁刚刚丧偶。

你也许是想探讨你对未来婚姻的不确定:"我应该再次相信婚姻么?或者我该尝试一个人生活?"

在两个故事中,19 岁新婚那个和 50 岁丧偶那个都将回答你的问题。有一个一般规律:当你在哪儿卡住了,可以试试将你的主人公设置得跟你自

---

① 英雄的成长是一个过程,而在第 45 页英雄开始有了真正的成长,所以称为初始的成长场景。——译者注

己的年纪相当。这样会让你对这件事的想法更为清晰。当一个人物对你说出那些你不可能说出的话时，真是棒极了。

问：你也许会问："如果英雄是我，为什么我对其他任何人物的了解都超过我对英雄的了解？"

答：难道你有时不是了解其他任何人超过了解你自己么？这就是视点的问题。看到别人身上的问题，并指点迷津，总是比较容易。

对我们来说真正搞清楚自己很困难，你所要做的就是诚实，不要隐瞒，坚持说真话。

配角不是他人

所有人物都是你的某一面，即使你创造了一组三角人物关系，也只有一个主人公，其他两个则代表了主人公的另一极。也许一个代表了你想要放弃的，另一个代表了你想要得到的。当你把所有的人物都看做主人公的其他面，他们就不会越权或让你偏离轨道。

让你的主人公从配角那里重新夺回自己的力量。如果你的英雄还在等着其他人发挥奇思妙想，现在该是让他主动行动而不是被动反应的时候了。

重读第 3 天

现在读你的第 30 页到第 45 页。

你已经有了从第 30 页事件发生到第 45 页初始成长所需的一切？

你有一个场景是她跑出去把门砰地关上么？你有一个场景是他面对一个新的形势却还是以老一套应对么？你有一个场景是英雄对发生在他身上的事件作出反应么？

上面说的这些场景都是很好地运用了第 2 幕的结尾。第 45 页的场景是以象征手法展示成长，它也会教给你很多。你将看到你的剧本开始有了自己的生命。

事实上，第 45 页很可能跟你开始计划的有点不同，在你的第 45 页甚至都找不到初始成长的场景。先找到那句你的人物要你跟上的对白吧。找到它的那刻,你也重新掌控了你的剧本。

从这一点开始,你和你的人物变成了两个不同却能互助的人。你作为作者必须明白你的人物的每个行为和每句话,这样你才能判断这个动作是否最符合他的利益。

举例说明。我有一个咨询客户,他写的是悬疑惊悚片。剧本的问题是侦探太聪明了,电影还没结束他已经解开了所有谜团。发生这个问题是因为作者如此认同他的人物,并且希望他举世闻名。作为作者你可以举世闻名,但是请放开你的人物让他在途中不断学习吧。如果他聪明到打从一开头就知道结尾,那故事也就不存在了。所以你得掌控你的主人公,允许他去学习,让他在故事余下的部分里一步步地发现。

第45页可能也是你初始成长的时刻。从这一时刻开始,你将停止对剧本作出反应,为了让剧本变得更好,你开始作出主动的决定。

我并不想

你今天也许会体验一种抵触情绪。你想出去玩。

这很正常。这些感觉都对你完成第30页到第45页起到作用,因为剧本中的英雄这时也体验着跟你一样的感觉。

如果你和你的人物没有成长也不用担心。我真正担心的倒是:这里不仅初始成长已经完成,还有一个巨大变化正在发生。

好了,把你的第30页到第45页再读一遍,看看他们能否传递你想要传递的意思。不断地读直到明白在第30页到第45页之间你到底完成了哪些。你展示了你的英雄的拒绝、否认和抵触么?他最终能以新眼光审视旧方法,并改变了他的行为么?把你的英雄的情绪和他的成长更加明确清晰地表达出来。

拿掉那些不属于你的电影的东西,让你的英雄前进。英雄可以抗拒,可以抵触,但是必须永远向前。

好极了,你真的已经上道了。

第 13 天:改写第 2 幕;第 45 页至第 60 页

重述要点

到第 45 页,你的英雄已经对第 30 页发生的事件作出了反应,他已经不一样了,而我们通过一个富有象征意义的场景也开始发现他的变化。也是在第 45 页,我们看到你的人物在第 10 页表述的那个原始欲望也开始有了眉目,他正想方设法实现它。

你记得那个叫《小火车做到了》(The Little Engine That Could)的儿童故事么?小小火车头一个劲地说"我想我能行,我想我能行",一路"突突突突"冲上陡峭的山顶。第 45 页到第 60 页应该提供同样的渐高渐强的递进。你的人物正在通往山顶的路上,让他到达山顶。

如果故事从你的指缝中溜走,可以采取的应对方法

- 哪些是你的英雄在自由初稿中不知道,而现在知道了的?
- 通过自由初稿,你现在知道了哪些东西可能会改变你的场景?
- 删除重复场景。
- 通过展示动作代替那些告知对白。

如果你看到一句对白告诉你"我不知道做什么",把它们改作"我知道怎么做了"。如果你看到一些讨论的台词:"我们是不是应该包围房子?"把它直接换成人物围住房子的动作。你的英雄主角可能会害怕,没关系,他依旧会采取行动。他对所有外部环境作出反应,而不是回避它们。

从第 45 页开始,你的英雄主角已经在接近一个从此再也不能回头的临界点,这个点就在第 60 页。所以在第 45 页和第 60 页之间,他也许会回头看看他以往的生活是否还在——然后他发现已经不在了。从第 45 页到第 60 页,他似乎活在一片空洞中。他放弃了以前的生活,但是还没找到他以后的生活,他悬在两者之间。不得其所是件很痛苦的事,所以你也许应该试试让他回到他熟悉的一切,这样他才能明白他当初为什么要离开。

看看你是否有这样的场景。问问你自己把这样的场景放在第 2 幕是不

是合理。你今天陷入困境,也许是因为"回家"的场景事实上属于第 1 幕,也就是他离家之前。看看你能否找到动作究竟是在哪一点停止不前,而动作停止的原因是因为你正往回走。如果你真的想要一个"回家"场景,那么必须改写它,要用这个回家的场景来展示你的人物与第 1 幕的时候有什么不同。**内心电影定理:只有往后才知道往前。**

在第 60 页,他跳离过去却不得落地,悬在半空中。至此,他应该超越他曾经的生活,进入一种新的生活了。

危　险

在过去的电影里,好像能吓住我们的危险只有吗啡或者苏联人,或者更近一点的电影,里面的危险来自政治恐怖。

但是看看你自己,这些真的能威胁到你的日常生活么?

真正的危险,也是最有趣的危险,是我们与自己搏斗。生与死、爱与背叛、成功与失败、所有的冒险与失落。是出人头地,还是无名小卒。当一个人拥有一切或想成为一切的时候,风险也就存在了。这时便能制造出一种强烈的危险感。

你可以为你的英雄找一个外部敌人去追踪、战斗,但是真正的胜利还是他内心的成功。

即使神勇机智如邦德,他追逐、挫败最强有力的敌人,我们看到的还是一出关于内心的戏剧——这个男人即使面对似乎不可战胜的困难,也不会转身说:"忘掉它吧。我可不想耗死在这个任务上。"他之所以是个英雄,是因为他从不止步。去吧,创造一个外在的敌人,但是真正的故事依然是内心的成长。

看看现在你在哪里设置了外在危险,拿走外在危险,把它放进英雄的内心,看看他真正对抗的是什么,是他内心的什么吗?每当你的故事迷失,去找你的人物,把他放回到银幕上的主要动作中。

黑洞怎么填补

症状:你身陷第 2 幕的某处泥沼,你已经迷路了。你有 12 个场景都是为了寻找故事。你的主角也不见了,你不知道他去了哪儿。好多场景里你居然跟随配角去了非洲桑吉巴。

把故事还给主人公。

反派不是主人公,别让反派偷走你的故事。

这里有个 1 分钟作业:

从第 55 页抽出一个已经失去了主人公的场景,现在把主人公扔回场景里去,让他说:

> **你的主人公**
> 这是我的故事,我要把它抢回来。

现在怎么办?用 1 分钟写这个场景。让他把次要人物、无用动作统统扔出去,让他重新找回动作,推动它前进。

你算说对了

在你的 1 分钟电影的某个位置,有一句台词表达了你的英雄的执着信念,她"完全疯了,而且再也受不了了"。她说:"我得行动,什么也休想阻挠我。"

好极了,这就是第 60 页的宣言。看看你刚刚发现的这句,再看看你第 60 页的这句,他们说的都是同一件事,只是表达的强度不同而已。

以最高强度来表达第 60 页的宣言。

好了,找个隐蔽之地,把枕头当成你的拳击对手,以最大的力量去猛击它,体会一下何谓最高强度。坚持到底。去改写第 45 页到第 60 页吧。

第 14 天:改写第 2 幕;第 60 页至第 75 页

今天可以用一个词形容……

跳越。

用一把大砍刀披荆斩棘地穿越你今天要改写的内容。

所有看起来像停止、中断的——战胜它,克服它;所有的疑问——去除它。

你需要穿越主要的动作和主要的结果,一路走,走,走,走到这里。

但是越来越困难了是么?你觉得累了是么?你想看着它尽快完成是么? 你的英雄跟你有着同样的感受。他一路进行着登上山顶的艰难战斗,可什么时候才能梦想成真?

他已经经历了这些阶段:

(1)坚定信念(第 60 页)。

(2)赌注增加(第 60—70 页)。他运用从第 2 幕前半程(第 30 页至第 60 页)学到的本领冲破了层层阻碍。

(3)他放手了(大约在第 72 页)。他可以因为困难太大太多而放弃,或者选择在受到伤害之前放手——实际上他必须放手,他是因为放手了才发生了变化。

(4)真正的变化发生了。

让我们用《洛奇》(Rocky)举例说明(尽管这并不发生在《洛奇》剧本的第 75 页),洛奇意识到挑战远远超出他的能力范围,他意识到他根本赢不了这场拳击赛,于是他做了两个重要的动作。第一,他放弃了原定目标,改变了自己的目标;第二,原来他想尽力赢得这场拳赛,但是现在他想的是尽力坚持到最后。

他的目标曾经是赢得冠军,但是现在坚持到最后就是胜利,而他做到了。他放弃了不可能的目标,懂得了坚持到底也是胜利。

找到你在哪儿让英雄放弃了,找到那个重要时刻。在那一刻他终于懂得他需要解决的中心问题是什么了。

如果你找不到这个关键的放弃时刻,那就暂时不去管它。

它最终会找到你的。

然后他意识到

第一次写剧本的人在故事里常用到一个词——"意识到"(realize)。在故事的第 75 页会出现"然后他意识到"。你的工作就是告诉我们他是如何意识到的,他意识到什么。

当洛奇看到与他对战的阿波罗跟他相比有多强大时,洛奇意识到自己根本赢不了。当他终于接受他输了的事实的时候,他却胜利了。

当我们最终懂得我们如此不顾一切是为了寻求什么,我们的目标会拥抱我们。

现在看看今天有什么不同。写上 8 分钟:通过写这个剧本,我从故事中学会了什么?

在所有打动你的关键地方画下划线。

你画下划线的部分也是你的人物所意识到的真谛。

让那个场景更加明确清晰。

这是突破的一天,跳越吧。

第 15 天:改写第 2 幕;第 75 页至第 90 页

今天我们需要从第 75 页的突破来到第 90 页第 2 幕的结束。

你的英雄抓住第 75 页事件的机会了么?他是否逆转了形势,创造了一个对他有利的结果?

也许你写的是一部战争片,你的英雄遭到攻击,已经走投无路,于是他跳上一辆坦克,调转炮口对准他的敌人,终于逆转战局赢得胜利。你的人物是扭转现实顺应他的目标了么?

看看他是否做到了。让他以一种新的方式去面对阻碍,他已今非昔比,而新的方式也确实管用。

你得让我们清楚明白地看到这些。

想想生活中当你学习一门复杂的技术时,开始好像很难,但是之后就变得简单了。好像突然一切都清楚明白了,轻而易举,毫不费力。

一个想成为马拉松选手的人会经历艰苦训练,为锻炼出一个长跑者的体魄忍受无数痛苦,然后有一天当他在跑道上累得气喘吁吁的时候,突然感觉到自己在跟风一起奔跑。这才是熟练精通的境界。而这正是我们追求的,就像空手道高手行云流水的节奏,就像面点师将生面团漂亮地高抛,就像那个面前的结账队伍总是比别人走得快,有条不紊、忙而不乱的超市收银员。

在第 75 页到第 90 页,让我们毫不费力地穿越危机。

看看这些场景的节奏。它们是渐进渐强么?它们是与前一个场景紧密相连么?如果在第 1 幕你的人物还受人欺负,现在让他战胜想欺负他的人吧。早先的一个场景中,他们把他推进池塘,现在让他在一个报复场景里,用全新的态度来应对同样的情形。

让你的英雄展示他的娴熟技艺。如果在第 75 页至 90 页还有疑问、讨论或被动——它应该出现在第 60 页之前,而不是这里。

他在第 2 幕最后一部分做了一个决定——也是他做的最后一个决定,这个决定把他推到了顶点。这是很大的一个决定,现在他可以得到金羊毛①了，他唯一要做的就是伸手去拿。

作出这个重要的决定："这是我走了这么长的路想要得到的东西么？"如果他想要，它就是他的。除此之外没有别的决定。

如果你已经度过第14天的挑战，现在轻装前行，满怀信心迎接第15天的凯旋吧。

你现在已经很聪明了。你知道你在做什么。让我们看看在这十几页里你是如何运用你的信心的。

把"我想我能"的迟疑对白换成"我会得到它"这样的坚定承诺。

从第75页到第90页，危机加强了，威胁需要更加具体，你的英雄解决它的方法也需要十分精确，让这个摆在面前的决定使第2幕的气氛达到顶点。让你的英雄作出这个决定。

展示他是如何成长的。

向我们展示这个我们正谈论着的新家伙，展示所有事如何因他的不懈坚持而最终如他所愿。

去吧，你是一个专家，让所有的动作都漂亮地各就其位，把我们带往故事的结束部分吧。

---

① 希腊神话中英雄伊阿宋历尽艰险，闯过神牛、武士、毒龙等层层关卡，最终取得稀世珍宝金羊毛，成为人神共敬的英雄。——译者注

第 16 天:头 45 页至第 60 页

第一次我们很快就完成了第 3 幕,一天就写完了 30 页,这里你肯定留下了很多漏洞和罅隙。

很好,这正是你需要的。

注意第二稿的改进,你已经为你的人物回答了一些重要问题。

现在问问你自己:他想得到什么?他不曾计划得到的是不是远远胜过他计划得到的?

现在他知道了一些以前不知道的事情——他得到了金羊毛。他已经得到的是他想得到的么?有什么意外在等待着你的主人公和观众?

在《卡萨布兰卡》里鲍嘉得到了通行证,得到了褒曼,打包了行李,烧了桥。他要离开卡萨布兰卡,但是他没有和伊尔莎一起离开,他和路易斯一起离开,去帮助盟军作战。

创造性的选择

因为他对爱有了新的理解:"我们永远拥有巴黎,我们曾失去过它,直到你来到卡萨布兰卡,我们才又找回了它。"鲍嘉不再是那个怀揣一颗受挫心灵的阴郁怨男,他又有了生命力。离开时他的生活被重新注入了活力。一些我们认为只有和伊尔莎在一起才会发生的事因为伊尔莎而发生了。这个结局或许在我们意料之外,但是更让我们满意。

所以现在看,你知道你的结局么?它还是你脑子里总想的那个么?它在意料之中么?是不可避免的么?你对它满意么?

如果你觉得你的主角有两个选择(或走或留,或者得到那个女孩或者没有),现在是时候去试着寻找一个创造性的选择了——他也许既没有得到这个也没得到那个,而是完全不同的另一个。

在《美人鱼》(Splash)中,汤姆·汉克斯(Tom Hanks)得到了他心仪的女孩,但是生活却完全超出他的想象,他必须离开人类世界,像雄人鱼一样地生活。这是个完美的安排。它解决了他想让她适应人类行为惹出的所有麻烦,现在他要做的只是让自己适应非人类的生活。

什么改变了你自己

改写的过程中我们一直在说你的人物将经历变化。在结尾时他已经和开始的时候不一样了,你可以看到他因为通过一路上的艰难险阻而发生了改变,他已经成功克服了你所能想到的最坏的危险。

我们真诚地致力于让他改变。可**内心电影定理:人们不会改变**。

看看你身边的人,看看你自己。在写这个剧本的过程中,你就发生了巨变。看看你的所有这些改变,其实你只是更是你自己了。

内心电影定理:人们不会改变——人们只会成长。

改变与成长的区别

成长发生在你的内部。你发现了一种新的方法来理解周围的一切,当你用一种新的方式来看待他们时,周围的一切因此都变了。

我提出这个是因为"好莱坞式结局"。

好莱坞式结局

如果结局时人物变成另外一个人,谁想要这样的故事?约翰·韦恩战斗,赢得胜利,战斗结束,影片告终。

你能想象他在堪萨斯开了一家五金店么?不,这个人物是一名斗士,他会去寻找另一场战斗。好,可我们说天下太平再也不会有战斗了,世道变了。他只得开了一家五金店,十二年后,某人走进五金店闹事,杜克又要开始战斗并赢得胜利了。

当形势改变,行为可能会随之改变,但是他依然是我们曾经喜爱的那个粗犷硬朗的杜克。

只有当你乐意接受自己,你才有机会去改变行为、环境、态度、自尊、任何事。

内心电影定理:我们害怕改变因为我们认为是自己被改变了。

改变不会摧毁你的自我。让你的英雄成长。可别让他在整个第2幕努力求变而不能,却在最后一个场景突然停止赌博变成一个居家男人。让他现在就改变吧,因为他已经成长了,他确实做好准备去改变了。让我们相信他能行。给你的英雄一个结尾,一个对曾经的他和改变后的他都是真实的结尾。

去吧,现在尽你所能给你的英雄最好的结局。

第17天:改写第3幕;第100页至第120页

昨天我们谈论的是你想让你的英雄去哪儿的问题,现在让我们到达那里吧。

你想尽快地从第90页的最高危机来到你剧本的结尾(附注:不是所有剧本都是120页。迅速地结束你第3幕的动作也没关系)。

结尾时你还有一个必须完成的任务:我们需要给所有人物一个结果。在《窈窕淑男》中,迈克尔去向茱莉的父亲道歉,因为他把迈克尔当成了女人,还向他求婚。

所有的事件都得有始有终。

相应地,现在我们也必须确保已经把结局的种子牢牢根植于第2幕之内。

举个例子,《虎豹小霸王》里,当凯瑟琳·罗斯和布奇牛仔、日舞小子去玻利维亚时,她说她会跟他们在一起,但是不会看着他们死去。之后,在篝火旁,他们的视线彼此躲闪,她说她要坐明天的火车离开。

现在我们知道了这是一个末日宣判的场景,我们知道她将要离开,因为不久之后他们就会死去,而她不愿意亲眼目睹他们送命。编剧威廉·高德曼是精通此类精妙曲笔的天才。

既然你已经有了关于结局的具体设想,你就可以沿着这条线回溯到第二幕,为最终的高潮设置一些伏笔。

不用在第2幕创造新的场景,只用看看你已经有的,重新整理一句对白来预示结局。

在《美人鱼》中约翰·凯迪(John Candy)和汤姆·汉克斯饰演的兄弟间有一个很棒的场景。约翰告诉汤姆:"去吧,去爱麦迪逊吧。"在结尾,当汤姆发现他再也不能回到陆地,即使是圣诞节也不能和哥哥在一起时,我们知道约翰会没事的,因为他已经说过:"去吧,去选择真爱。"这对兄弟间的关系已经在之前的场景里解决了。我们不必在最后让汤姆停下所有事跑回来说声"拜拜"。

如果你第3幕的结构有困难,有一个方法也许能够帮你过关。把这一幕也分成开头、中间、结尾。在第 93 页重申中心问题,在第 100 页让人物的欲望实现,在 110 页之前展示他已投入到新的生活,在第 115 页之前给他的生命加上一份意外。当然,这种方法只是一种导引,不必被它困扰和禁锢。

比较简单的结束方式是让最后 3 页对开头前 3 页来个首尾呼应,如果你的英雄在第 1 页里迁入某地,那么就让他在第 120 页迁出。

在下面的下划线上回答那个中心问题。

———————————

然后——

淡 出

第18天:调整第1幕

乌拉!万岁!你已经完成它了!你终于挺过来了。它有了生命。而你,真正成为了一个才华出众的人物。

那现在做什么?

让我们做点调整。

大调整和小调整的区别

如果你自信满满,如果你已经有了一个故事,而且页面清洁,富有意义:

没有逻辑漏洞。

没有遗留疑问。

因果关系确立。

所有的设置都能前后呼应。而且——

你很满意。

那么你今天做的就是小的调整。

如果这是你的剧本处女作,你还不确定故事是否成立,那么你要做的就是大调整。

怎么做小调整

把剧本弄整齐,如果需要,把它交给打字员,然后拿回一份整洁的文稿。完成打印整理事宜时,可以先暂停21天的闹钟(但暂停闹钟的时间不能超过三天)。

如果是你自己打字,记住先打出文稿再做调整。这时不用暂停21天的闹钟,而且不要让打出文稿的时间超过一天。21天的规则是当剧本在你手中时才计时,如果它在别人手中,花去多长时间就是他们的事了。

当你自己担任打字员时,千万不要一边调整一边打字,否则你可能哪一样都完成不了。

现在假设你已经准备好了一份干净整洁的剧本和一支你自己喜欢的

颜色的钢笔,接下来找一个地方来通读你的剧本——不是你通常工作的地方。如果你现在还没有背景音乐,赶紧打开音乐,让这个时间、地点与你平时的写作环境有所不同。

做一次马拉松式的通读,把钢笔放在桌上,别握在手里。如果哪里需要调整,拿起笔做调整,之后就把笔放下,直到下一次需要的时候再拿起来。这样你就不会为了一些"的地得"的问题把字划掉又添上。记住,这是一次马拉松式通读,就是在一个完整的时段里完成,并得出剧本的一个全貌。

(1)注意逻辑错误。如果她从洛杉矶给纽约打电话,你是否给出了三个小时的时差?如果你把他留在雨中,你是否让他湿漉漉地走进下一个场景?

(2)读出节奏。它在什么地方停滞不前了么?如果是,看看哪儿有重复的对白,把它删掉,删掉,删掉。如果人物在争论,让他们停下来,来点动作,或者最起码在争论的同时有点动作。

(3)如果对白似乎太满,学会利用上下文。比如,如果他说要离开她,这个场景里你让她勾引他,或者她把他的衣服扔进皮箱,把他推出门外会怎样?上下文能赋予对白意义。

(4)看看一个长得要命的场景能不能够断开或者分散在不同的时间和位置。电影就得电影化。切到这儿,切到那儿,切到明天,让场景从一条直线中解放出来。

(5)问问自己,你知道它是关于什么的吗?这是不是处理这个场景的最好方法?它能发生在直升机里而不是厨房里么?它能不用对白来展示么?对白能完全不同么?

(6)看看那些看起来不怎么有用的场景。是否能找到一个故事瞬间来更好地传递信息?你能找到一个立刻展示一千种感受的故事瞬间么?

怎么做大调整

做法跟小的调整一样,区别只是在你的原始稿纸上做而已。在你完成调整之前不要重新打印文稿。你可以拿着你的笔,大量地用它,也可以用你的电脑或打字机。你要做的是一行一行地修订所有的动作和对白,作出讲述故事的最佳选择。

这里有几条调整第 1 幕的指导方针：

（1）让头 10 页变得紧凑、再紧凑。再小的东西只要不需要就必须毫不犹豫地拿掉。

（2）让你的对白简洁有力，尽可能清晰地表达出你真正想要说的。

（3）再次检查核心的人生问题。你想要大声清楚地说出来的话说出来了么？

（4）看看描述。如果可以用一个词代替三个词，那就换吧。

（5）如果是个喜剧，现在就让它更有趣。快点抖出包袱。举个例子，在《傻妹从军》(*Private Benjamin*)中，戈尔迪·霍恩对她浑身是劲的舞伴说："我不能跟你在一起，我甚至不认识你。"他回答："我是个妇科大夫。我是犹太人……"然后就切到两个人在床上的场景。电影给了你一个用变换时间来制造笑料的机会。利用它，让你的喜剧笑得人肚子抽筋。

（6）你的呈示部分如何？你是不是让人物说："今天是我的生日。我生在大萧条时期，是个孤儿。"展示，不要告知。让她在垃圾里找到一根蜡烛后，给自己唱《生日快乐》。找到你的呈示部分，从中拿掉对白，放进动作。如果你必须告诉我们，也要找一个次要角色来担当叙述者。比如，主角去找工作，由次要角色如人事部经理，告诉我们主角的资历、条件和他想应聘的工作。

（7）第 10 页到第 30 页的大多数场景里都有你的主角么？如果不是，为什么？

这就是今天的主要功课。

调整所有不属于你的电影的东西。

第19天：调整第2幕

你不知道自己想说什么的时候

你身陷第2幕的某处困境,迷失了方向。你一心纠结于那个场景、这个人物。你读了又读,却始终找不到需要修改的地方。关于这个问题有一个非常有效的解决方法：

找出2页你感觉不太对的读一读。我知道之前你已经读过上千遍了,现在注意其中有哪些话这个人物对其他人已经说了不下三遍。

他们的话总是在原地踏步。

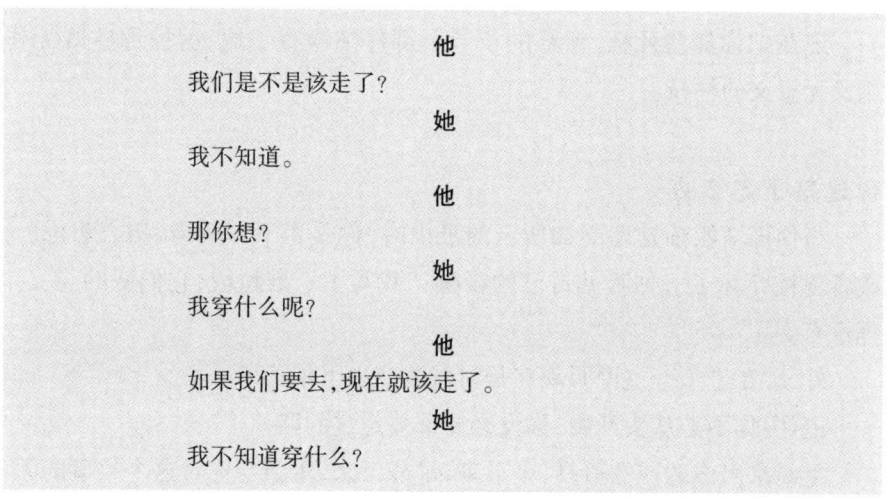

找到原地踏步的地方,用一个方框框住它,然后用大"X"划掉它。

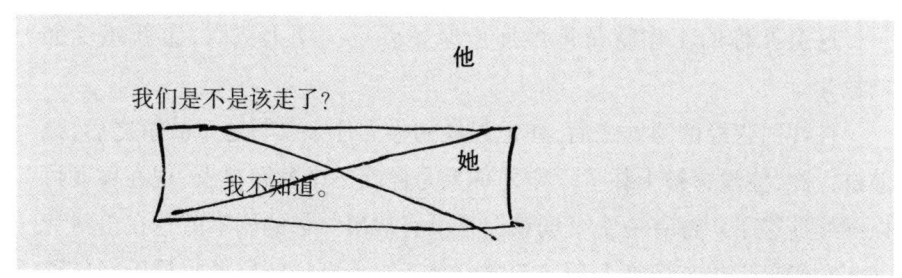

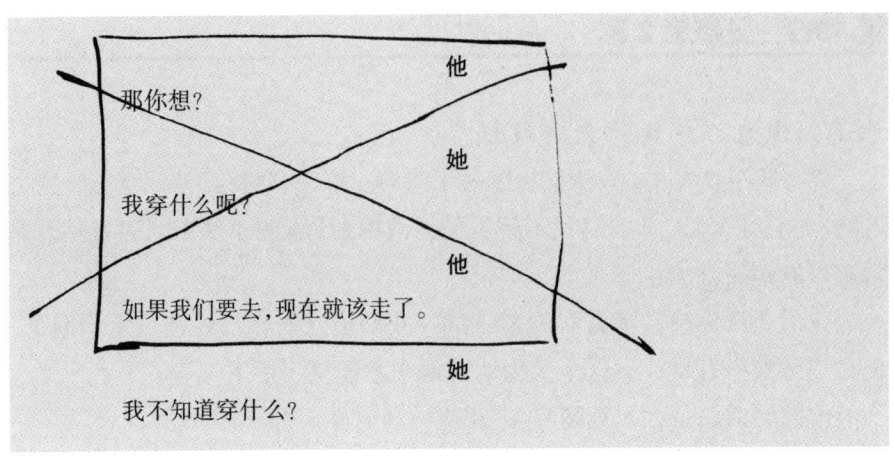

现在把你那些死板、糟糕的章节全都仔细检查一遍,剪掉那些既无作用又无意义的枯枝。

你迷路了怎么办

当你面对眼前这座不知所云的纸山时,你是否不知所措、担心焦虑?或者你被吓坏了?你听见自己的嘶喊:"我写了一堆垃圾,它们屁的意义都没有。"

好,你在进步。这说明现在是时候改变一下模式了。

记住:你不必从头开始,你没必要重复走过的路。

重新拿出你的视觉道具,坐下来,平静下来,重新与你对这个故事的原始激情建立链接。重新找到那种感觉。不要思考。不要提问。清空你脑子里所有"想知道为什么"的念头,清空你脑子里所有正在做的判断。

这会儿你的工作就是重燃那份原始感觉。闭上双眼,重新感受你的故事。

在找回曾经的感觉之后,在记起最初你为什么要写这个故事之后,再前进。瞧,你没再被卡住了。刚才你只是停在一个岔路口上,现在你又可以继续前进了。你有一千个场景但是没有故事?你的剧本就写在信封背面而它们糟烂得就像被人嚼过的馍?停下来。把你的剧本收拾干净打印出来,把它整理得像个样子。

为了找出需要调整的地方,现在让我们回到你的生活。这才是你找到需要修补的地方并将它们修补妥当的最快方法。

你处于你人生第 2 幕的什么位置？

你是在对外部环境作出反应么？（第 30 页到第 45 页）

你是在经历内心成长么？（第 45 页到第 60 页）

你即将改变么？（第 75 页）

你结束了你的旧生活正要开始一种新生活么？（第 90 页）

你在生活中所处的位置正对应着你的剧本需要调整的地方。

你是不是有些矛盾,不知道是该让你的剧本更商业一点还是更个人一点? 在爱情上你是不是也遭遇了一些难题？身边的人是不是常对你念叨"什么时候才能去找份正经的工作"？我知道你已经下定决心,但这似乎是一场硬仗,而你孤立无援。

你的第 2 幕可能精彩绝伦：你的英雄仿佛在穿越深不见底的地狱之谷,连抬头喘口气的机会都没有。对你和你的英雄来说,这第 2 幕也许太长了,一个考验接着一个考验,你必须和你的英雄一次次穿越地狱之谷。

放轻松,他已经通过了从第 45 页到第 60 页的考验,现在你可以让他凯旋了。不过,这里还有一点点失衡。你让他在 60 页之前就为自己的梦想义无反顾了,之后在第 75 页附近他好像又有一次坚定的梦想宣言,两次之间则充斥了一大堆考验。当你把对他的考验联在一起之后,就会"意识到"第一个梦想宣言对他来说实际上是一次错误的表态。他拍着自己的胸脯许下承诺,可是他知道自己根本应付不来。这样一来他岂不是在炫耀自己明知道还没有的东西？删掉那次不合时宜的承诺吧。另外,他可以害怕,这没问题。但是他必须诚实。

你的人物是不是声明他会战胜所有困难,没人能阻止? 很好,除了现在你发现其实压根儿就没人想阻止他。把他为何而战表达清楚之余,你还要清晰地展示究竟有什么正阻止他朝目标奋进。

你的第 2 幕一直想追溯回第 1 幕? 你一直没法确定它是不是背景故事？关注第 30 页到第 45 页,找到那个初始的成长场景。别担心,让后面所有场景都从这里开始。

当你看见你的人物含糊不定,那你就为他拿个主意。在自由初稿阶段,你和英雄是一体,但是现在是由你操控你的人物,别让他们失去控制。

找到约在45页的那个初始成长的场景,在这场景之后,就不要让他再走回头路了。就像你的主人公已经准备好了分娩,你可以让她说:"太难了。我要回家。"但是她不能回去,她必须呆在那儿把孩子生下来。一直保持前进。

关于你的人物在第75页学到了什么,你会有些担心、有些焦虑。你觉得自己在抵制改变。有一个很好的治疗方案——重复这句话:"我支持自己。"在下面的几分钟里把这句话重复说上几千遍。现在再读第6天和第15天的内容,然后修改第2幕。我打包票你的第2幕一定会很好。

说吧,说出来

你也许已经找到了你强烈想表达的和你真正关心的。你在第2幕的某处说了出来,现在看看它是否真的在那。你想把它拿掉?别这样,相反,你应该强化它。

如果你的人物躲在屋后低语,那就把他带到前台来,让他大声清晰地说出来。你不想他缺席或者变得软弱虚伪?那就唤醒他,一直让他保持清醒。写出有趣的场景吧,来表达他此时的激情。

现在把你回避的场景放进来。举个例子,如果他感情疏远的妻子来看他,难道他要躲出门去?还是让他们面对面吧。一旦你写出了这个场景,而且消除了紧张情绪,你就会看到这里真正需要说些什么,然后找到一个好的方法来展现。

第20天:调整第3幕

完工庆典之前

应该用这个词来描述你的最后期限:你的朋友。

注意,你21天的时间期限就快到了。最后期限成了你的第一要务。睡觉、吃饭和打电话跟最后期限比起来都得退居其次。跟上步伐,不要掉队。即使你到了最后期限却没有完成剧本,那一刻你也必须在心中模拟一下急刹车的感觉,来提醒自己已错过了最后期限。然后再继续改写你剩下的内容。

如果你不那么做,可能会花更多的时间才能结束。因为你身体的原定设置是到周一结束工作,如果你继续干到周三,你的身体就会迷惑,然后罢工。我们可不是在暗示你会真的错过最后期限,现在我们还在从起点到终点的途中呢,一切言之过早。

我们来谈谈结束

今天要做什么?你的生活可不是只有电影。

就"如果我的电影写完了,我会做什么"这个话题写上8分钟。(我的意思不是卖剧本和挣大钱。我知道这是你想要的,但我的意思是第22天你会做什么?)

你会去庆祝?洗衣服?辞职?结婚?还有呢?你需要知道当剧本结束之后,你还有大好人生要过。

就此写上8分钟。

好了。写完8分钟"剧本结束后的生活",紧跟着问答这个多项选择题。在调整中,你最大的感受是什么?

(1)这个剧本是垃圾,你都不知道你写了些什么。
(2)它也许很棒,也许很糟。说不好。
(3)你想你应该回到起点,开始一个新故事。
(4)以上所有。

你现在经历的叫结束焦虑症,其实在结束时出现的诸多问题都与剧本无关。

你是这样么?

你是不是经常做事有始无终?如果是,请注意:

你可能已经到达了第 2 幕,但是突然另一个故事开始了。第 3 幕就像是第 1 幕又重新开始了。看看是否是这样。

这是普遍感受

死亡的概念可能让你产生了深远的恐惧,你觉得结束就意味着死去(我共事过的很多作者都有这种感受,不仅仅是你一个人)。但是结束不是死亡,而是更持久的生命。如果你让你的人物从 A 点走到 Z 点,而且乐意同他一道经历未知的冒险,那么他不会在结局里死去,而会赢得更丰富的生命。不要意外,我们常常认为如果我们从 A 出发抵达 Z,这就是全部,这就是结束。可其实 Z 并不是我们得到的全部。所以让你的人物回到路上,给他生命。

克服你的恐惧的方法就是——去做。

内心电影定理:第 3 幕的调整是否成功直接取决于你想完成这件事的意愿。

第 21 天:结束庆典

让我们用 1 分钟来讨论一下第 21 天的事。

诞生的目的就是为了让你在 21 天里完成剧本。但是没有哪条法律条文规定你必须在 21 天里完成。你可以用三个星期也可以用整整一生的时间,只要你愿意都行。但是如果你想在 21 天内完成,你可以的。

如果你想用更长时间,当然也行。但是 21 天的程序和概念一样管用。尽快完成初稿,然后离开那么一段时间,再改写,之后再休息一段,然后润色加工。

关于你的电影不要想太多。

内心电影定理:你花的时间越长,那么你需要继续花的时间也就越长。 快刀才能斩乱麻。

我说这个是因为,如果你到了第 21 天还没有完成,你也并没有失败,继续,你总会完成的。

怎么知道你何时才算大功告成

这里有 9 道测试题,只有在你真正写完剧本之后才能回答。

现在自问自答:

(1)我的故事是什么?我能用两句或三句简短的话来表述故事的开头、中间和结尾么?

(2)我的主人公是谁?他想要什么?

(3)我的主人公得到了什么?和他最初想要的有什么不同?

(4)在第 10 页之前,我就清楚地向读者表述了这是一个什么样的故事和我的主人公想要什么么?读者能说出我的故事么?能看出主人公的需要么?

(5)它的剧本格式正确么?120 页,空格正确,描述具体,大写恰当,页数标明?

(6)我从未说过却真正想说的话是什么?

(7)这个故事是我想讲的么?

（8）我自己相信它么？

（9）我学到了什么？这和我开始想象的有什么不同？

怎么找两个人试读（不包括你的亲友爱侣）

首选当然是业内专家。如果你没有门路找到专家,那么最好找一个年龄介于 10 岁到 12 岁之间的孩子,把你的故事讲给他听。如果你遗漏了哪些故事要点,他(她)会直接告诉你的。为什么 10 岁至 12 岁的孩子是最佳选择？因为他们大脑协调、语言技巧的水平都正好合适,这个时期他们大脑的各个部门还是自然地互相合作,言语通道也保持开放,而 12 岁之后,我们就开始以自我意识和自我主张为中心关闭某些通道（如果制片厂真的想要雇请少年意见领袖,他们面试的应该也就是这一年龄范围的儿童）。孩子是真正擅长于故事的。

如果专家和孩子都找不到,那么挑一个对你了解颇深的睿智老友。即使他(她)对结构有什么不了解的地方,也会因为了解你,而读出故事里你个人的影子。

在他们读你的剧本时,做好一个至少有二十个你想问的问题的表格。你想知道的是：他们是否接收到了电影里你想传递的东西？

看完第 10 页后让他们停下,问他们是否了解这个故事。它是关于什么的？让他们告诉你到目前为止他们了解的关于电影的所有信息。

如果你对剧本哪里存有任何疑问,提出问题——通过问问题来验证他们是否接收到你想传递给他们的。

你在乎人物身上会发生什么吗？

你对他们的问题感兴趣么？

这是谁的故事？

你知道下一步会发生什么吗？

你在乎下一步会发生什么吗？

它让你失去兴趣了吗？

你能描述一下主人公么？

你能说出他的背景故事么？

他成长了么？
第 2 幕会发生什么？
你还对这个故事感兴趣么？
你认为会发生什么？
你想要它发生么？
他说得太多么？
他说得不够么？
如果他再老十岁，会怎么样？
坏蛋让你觉得恐惧么？
这里有足够的威胁么？

现在列一个二十个问题的表格，通过询问读者的感受来检验你是否已经说出了你想说的。然后你再列出二十个问题让读者问你，这些问题会检验你是否已经用了最好的方式来说你想说的话。

你做这些的目的不是为了追求热情的溢美之词，而是想要你的剧本达到你能力范围内的最佳状态。

做完一次试读，好好消化你学到的东西，然后再去做第二个。看看有哪些问题被试读者再次提出。先决定需要修改什么，然后修改。你确实不想修改的地方就不要改。当你完成两次试读，再次凝炼压缩你的剧本，然后站在它面前。这时你可以宣布大功告成了。

公开发表

"我不能把它寄到出版社。如果我袒露了自己，人们会讨厌我的。"

我们总觉得如果某人了解了我们，他们就会自动地厌弃我们。其实恰恰相反，只有我们了解了你，我们才会喜欢你。

你认为自己没法承受批评？是的，你当然不能。为什么你应该承受批评？你只是在需要去做的时候做了需要去做的事。不管你做什么或者这个剧本怎么样，它都是它需要是的那个样。

怎样才能不承受批评

不要问"它好么"或者"我能写剧本么",那样你将得到一个主观的判断。你需要的是意见。

内心电影定理:意见总是与意见持有者关系更大,而跟他发表意见的事情关系甚微。

如果你跟一个经纪人谈你的剧本,不要问:"它好么?"而要问:"你能把它卖出去么?"

无论答案是肯定还是否定,他们都会给出他们的意见,这些意见因为涉及你的剧本即将创造的价值,就不会流于个人化。

有两种接受评价的方式:

首先确定你希望观众从你的故事中得到什么,然后问你的观众他们是否得到了。如果他们得到了,你就成功了。如果没有,那就修改它。你看,这样你不就保留了评价的自主权吗?如果你足够勇敢,确信自己能够接受不同意见,接下来你还可以问观众他们更喜欢什么或者不喜欢什么,以及什么能帮助他们更好地理解这个故事。注意,你问的不是:"你讨厌我的故事。是么?不是么?"

你是在问:"你想要看到什么样的故事?"

你需要保持高度灵敏来捕捉他人对你作品的反应。对于作者来说这是个敏感时期,因为你不知道自己是否胜任。某种程度上你只能通过别人对你作品的反应来衡量自己。

但是最终自我怀疑只能由自己消除,不管你给多少人看了你的剧本,不管他们的表扬有多动听,也不能真正解开你心底的疑问,除非你自己作出决定:你已经完成了你要完成的。

内心电影定理:自尊只能自己给自己。这也就是它为什么叫自我尊重的原因。你从别人那里得到的是另外一码事。

还你的作品以自由:

它不是为所有人准备的,它只是为了让你自己满意。

最后检验点

如果依然不能确定你的剧本是否已经做到最好,可以通过你对剧本的态度来做个检验:(a)需要找一个特警队才能从你的手中撬走剧本,或者(b)除非哪家制片厂肯花钱让你改写它,否则你再也不想多看它一眼。

哪种态度才显示你确实大功告成了?

你选的是(b)么?事实上,正确答案是(a)。如果你的剧本确实完成了,那你还应当对它怀有一份挚爱,而且还能发掘出新的层次来进一步讨论深入。因为你让它有了生命,所以它大功告成了。它还会继续生长,只是现在它已经从你的打字机移植到了电影市场中。

选择(b),说明你的剧本还没有完成。你觉得你已经走得尽可能远了,你再也没法走得更远了。你停止只是因为你已经没法再给予它生命,你不想再看它一眼只是说明你筋疲力尽了,并不表示你完成了。

好了,前进吧,给自己片刻休息,然后问自己那个最痛苦的问题:我还愿意再多走一里么?如果你愿意,那么,嗨,你是一个剧作家了。

当你真的,真的大功告成

你是不是很棒!

你认真准备。

你努力奋斗。

你咬牙向前。

你相信自己/也曾失去希望。

你不停锻炼/也曾四处游荡。

科学饮食/也曾狂吃冰箱存货。

为它梦想/也曾把它抛在脑后。

不断尝试/也曾放弃尝试。

逃避/坚持。

憧憬自己的作品是部旷世杰作/宁愿看到它消失。

为它勇敢/成为一个懦夫。

写/不写。

不管怎么，最后它完成了……小事一桩。

没什么大不了！

帽子飞扬，号角响起。万岁。乌拉，你就是世界上最棒的那个家伙。

在自由初稿结束后你搞了一个聚会，现在你可以再办一个，但是这次得跟上次有所不同。

这是第一稿的聚会，你需要人们来祝贺你，承认你成了一个剧作家，给予你帮助，支持和鼓励。

而这个聚会是为剧本大功告成对他们也对你自己表示由衷感谢。

现在你是一个剧作家了。你完成了它。至于怎么庆祝，你可以任意发挥你的想象力。不过有件事是千真万确的，那就是剧本结束意味着你的新一页也开始了。

你还得有一个私人的时刻，没有溢美之辞或甜言蜜语，你只是与自己同乐。这是只属于你自己的珍贵时刻。生活还将像以前那样，但是从这一时刻起，你再也不是以前的你了。

"内心电影之道"举杯诚贺你的珍贵时刻。

Part 4
直面难以克服的障碍

《共谱恋曲》(*Music and Lyrics*, 2007)

Chapter 9
禅与成事的最高艺术

ZEN AND THE HIGH ART OF GETTING THE THING DONE

9.1 哦,你这小可怜

你翻到这部分来找出到底什么原因让自己停下,是不是因为:

"我写不了,我的日常工作把我整个人都抽干了。"
"我写不了,我十几岁的儿子刚刚把狗染成了紫色。"
"我写不了,我的牛皮癣突然犯了。"
"我写不了,所有人都不支持我,甚至连我也没站在自己这边。"

好了,现在给自己一个甜蜜的拥抱。这些焦虑很正常。你很焦虑,你想要的只是改变你的生活。这对你很重要。

内心电影定理:永远尽可能地对自己好。
安慰一下自己,下面有一个作业。
好好体会你的感觉,不管它有多糟糕。因为只有体会它们,我们才能找到它们的根源,由此才能解决它们。

情况是这样的:

这些障碍夺走了你拥有的一切,让你只能干坐着面对不着一字的一堆白纸。你已经跟所有人宣布你要成为一个剧作家,你相信没有什么能阻止你。可现在你却发现自己在打瞌睡。

写剧本，写任何东西都不容易。单单完成份内工作已经很难了，更别提还要应付这些让人神经紧张的破事儿。

记住，你是一个剧作家。你富有创造力。你现在要做的就是发挥自己的创造力找到消灭这一切障碍的方法。

这一节的主题是直面难以忍受的障碍，你可以找到自己在哪儿停住了，找到那个障碍是什么，然后采取新的方法继续前进。

这些障碍可以分为外部障碍和内部障碍。第一部分，让我们来谈谈外部障碍，包括时间、地点和页数计数器。你一定能找到法子来安排从你的伴侣、孩子、老板那儿抢出的时间。内部障碍则是源于你自身的艰难时刻。

写作是一种要求你动用两种不同的思维模式——感性思维和理性思维共同完成的艺术形式。当你主要运用你的感性思维（或理性思维），但这时却需要理性思维（或感性思维）占据主动时就会出现障碍。如果你的这两种思维模式不太和谐，你就会思维阻滞，没有什么比这种感觉更糟了。所以，既然我们希望你感觉良好，我们就要找到你的障碍，然后拥抱它，因为——

内心电影定理：障碍只存在于你愿意停止的地方。

Chapter 10 外部障碍
怎么在埋头写作时,还交得起房租
HOW TO PAY THE RENT WHILE PAYING YOUR DUES

10.1 继续你的日常工作

也许你在希尔斯百货公司(Sears)整日噪音震天的电锯部门上班,也许你在那里很不开心,这也是你为什么想写剧本的原因——挣个一百万,然后离开那个扼杀你的创造力的工作。也许你脑子里成天萦绕着这些问题:

- 你该辞职去写剧本?
- 你该咬牙撑着,只在周末写剧本?
- 你该等待?
- 你该忘掉所有这一切,就老实呆在原地?

你当然不想呆在原地,否则你就不会读这本书了。当然你也不打算继续等待,因为……

10.2 压根就没有等待这码事

等待意味着你一边怠惰蛰伏,一边在心底暗自许下一段或长或短的时间期限,祈望早晚你的生活境地会有所改善,你能追逐你的梦想。可是根本就没有等待这码事,因为没有你,生活依然继续。

是时候下决心采取行动了。向你的未来迈出一步吧。

10.3 怎么让日常工作为你服务

让你的工作更加有条理,这样你才能让它进入自动导航状态。也许最终你会离开这份工作,但是现在你要做的是改变它。

如果你的工作最可怕的因素之一是和同事关系紧张,那就离他远点,这样你和你那难以忍受的同事就能够和睦相处了。你有一个他们都不知道的秘密:你在写你的电影。你正在采取行动摆脱这份工作,你还呆在这里只是因为现在这个工作是在为你服务。

10.4 你要做的就是按点报到

能否从任何工作中都得到乐趣其实完全取决于你的态度。工作中真正的津贴是你自己给自己的。

如果你的工作活儿多得让你一天忙得脚不沾地。每天清早上班都需要鼓起莫大的勇气,估计你就不会再有这么多时间和气力抱怨了。

实话实说吧,你不开心其实是因为你想在工作中得到平等的回报。但是用工协议不是这样的,答应给你的只是一张薪水支票。只有接受这一切才能让你解脱出来去体验一种坚持微笑的生活。你要从这种经历中得到快乐并受益。

内心电影定理:你只有遵守了所有的小规则,才可以自由地打破大规则,小不忍则乱大谋。

10.5 如何活出双面人生

你拥有一个振奋人心的秘密。这个你正为之奋斗的秘密会让你以全新的方式对待工作。以前是你为它而投入，现在换成它为你服务了。

工作还有别的用处，因为有了它，你就不用成天忧心你的剧本了。看看你的工作能怎样帮助你的写作。当你开车去工作的时候，这段时间是不是可以用来组织剧本？在你一天的工作里找到并利用零星的写作时间。比如——在心中回放你的电影。你能在午饭前完成哪些场景？眼睛看着你的同事，在心里你可以回答关于人物的问题。

看看剧本全貌，然后把它分成几大块，分成 8 分钟的段落，再将这些段落列表。就利用接电话的空隙、一天工作的闲暇写出一个场景，一页，或者一句对白。过一种双重生活。

通过写剧本，你也会成长，而最终离开这份不适合你的工作。直到你真正做好准备离开，你也许才会被炒鱿鱼。估计一下那大概是什么时候。往往当你觉得再也不能多忍受 1 分钟时，却会山穷水尽疑无路，柳暗花明又一村。离开工作的最佳时刻是当你已经准备好离开的时候。在你还没做好准备之前，别让他们炒了你。

你还可以利用公司的复印机多打几份剧本。这不合法，不道德，但却是可取的行为。你需要觉得从你的工作中捡到了某些便宜，否则你根本没法继续呆在那儿。而现在我们需要你呆在那儿。坚持住。继续为将来离开这里做准备。

10.6 物物交换

我曾在一个剧本快写完的时候在一家制片厂的办公室里工作了两个星期。那儿有个总是疯狂打字的秘书，我注意到同一篇文章她打了四遍。她跟我说她喜欢打字，可是她在办公室里除了偶尔接一些电话之外，根本没事可做。于是我把我的剧本稿给她，让她帮我打出来。当她将打印得工工整整、一丝不苟的剧本递给我时,作为回报,我请她吃了顿价格不菲的午餐。我们俩都很开心,交换让我们体验了一种人生中巨大的互动乐趣。让喜欢做这份工作的人做这份工作,而你干你喜欢干的活。

10.7 如果你被炒鱿鱼了,会怎样?

祝贺你!这正是你想要的。但是我知道,你会想:

> **你**
> 我真是个笨蛋,连份我不想要的破工作都保不住。

你会不断责备自己,跟自己过不去,你用这种方式向自己表示你应该负责。因为你害怕如果你不自责,你在意的那些人就会责备你。

> **你爱的人**
> 我就知道,实际上你是一个彻头彻尾的混混。

别再这样了。如果工作已经丢了,就不必为它继续浪费精力。你自由了。

10.8 你什么时候辞职

如果你觉得时间不够是因为你的工作压力很大,你辞职了,你会发现你还是没有时间。当你拥有了世界上所有的时间,你才知道时间永远不够,因为总会有点什么事情发生。

看看关于时间、地点和臆想症的章节,你的问题跟这三个部分都有关系,只有少数问题跟你的写作有关。而写作,如果你还记得,这才是你最初要辞职的原因。

别担心，先把自己安顿好，然后拿起笔。

10.9 失业金用完了怎么办

好，你现在的情形就好像第二只鞋子要掉下来了，最坏的事就要发生了。你该怎么办？

你的选择是：你可以再去找一个饭碗，然后平衡你的写作时间和工作时间。但是之前你不是已经这样做过么？你担心你的剧本会因此化为泡影。放心，不会的。你做这份工是因为你不得不去做。而且你现在已经疯狂了，疯狂对现在的你来说最好不过了，因为接下来你要去适应的不是你的钱不够，而是你的时间不够。

10.10 时间大于金钱 / 金钱大于时间

你也许觉得有必要为你的钱做一下预算。这很好，但是这依然不会改变你将身无分文的事实。辞职的时候你以为存的钱可以为你买到时间，如果钱能买你的时间，你1小时给自己多少钱？你存的钱够你吃上一年，但是你的薪水呢？法定最低工资或者更少？这一年时间用得岂不是很不合理很不经济？给你的时间估价，1小时值多少钱？要想成为富翁就得留心这个。一文不名的人拥有世界上所有的时间，他们能煲电话粥，他们能砸你家人门。而富人的空闲时间则少得可怜，因为他们的时间被充分利用，填得满满的，他们也因此获得了时间的价值。而你准备给自己宝贵的一小时付多少钱？

10.11 你的钱花光了

琳达辞职在家写剧本。现在她的钱已经花光了，她需要重新去工作。她问我是否认识什么人能在业内给她一份打杂的活，这样她就可以继续写作。一般情况下我都会立马冲向我的名片盒，一路狂翻然后给她找出一个电话号码，但是我发现她其实一点也没长进。这是她的惯常手法，找一份打杂工作又找一份打杂工作，这样她就可以写作了——可是她根本就没写。现在她又来这套。我给了她一个作业：别再这样了。检查你的行为模式。**内心电影定理：如果这个方法不管用，就别再用了。**

10.12 找到一个更好方法

当我们的计划不管用的时候，我们总认为是自己做得不好，所以我们会以相同的方法再来一次，只是这一次更用力。

就像当一台自动售货机吞掉了你的25分硬币，你会捶它打它。它没把硬币吐出来，所以你更用力地捶它打它。

当计划不管用的时候，就改变计划。

10.13 打杂的工作、临时的工作和真正的工作的差别

现在做个决定。

你是想得到一个打杂的工作，能够让你付房租，但不会给你的大脑增加负担。

或者你想得到一份临时的工作，你可能拥有一张名片，但责任不会大到让你没法自由地写作。

或者你想得到一份真正的工作，那份工作就是你的所有，它占用了你的所有创造力、注意力。

三者的区别就在于你愿意为这份工作投入多少的自己。

我的意见是不管你做的是哪种工作，都要投入你的所有，因为逃避会消耗精力，而参与则给予你能量。

如果你能快乐地做这份工作，那么不管工作几个小时，你仍然能够写作。

内心电影之道的诞生就是为了不管你有的是一份打杂的工作、临时的工作还是真正的工作都能写作。你从事的工作一点儿也不会成为阻挠你写作的障碍。

只要你好好安排筹划你的环境，让它们对你有利。

我的一个学生从打杂的工作转到了一份真正的工作，这样她能挣到更多的钱，但是她却没有了时间，她因此讨厌这份工作，想辞职。我们做了一个日程表——她用了两周时间调整她的工作环境，既能保住工作，也不必心生怨恨，她只是需要安排妥当以便节省更多的精力在下班之后能继续写作。两周里她挪动家具、委派任务、规范程序、制定了一周四天10小时工作日的计划，这样她一周就有三天时间留给自己。现在她热爱自己的工作，她的剧本也已经进行到第16天了。

10.14 我必须写出剧本并且卖掉来交下月的房租

纯属扯淡。为钱发愁会耗尽你的精力和创造力。你的精力会都花在怎么找到下一顿饭辙上，而不是花在你的剧本上。

如果你寄居于他人的沙发，浑身上下只剩一件干净的内裤，认为解决你的经济问题的方法就是写剧本——千万别。先料理好你自己的生活，再开始写作。

10.15 多少钱才够？

经济自由就是有足够的钱，让你不再需要钱。

它并不意味着需要一百万美元，有时候它就意味着九毛二分钱去买个墨西哥煎玉米卷。

Chapter 11
时　间

TIME

11.1 如何给你自己更多写作时间——
或此或彼的精力划分

你已经花了百分百的力气在现实世界中为自己清理出一块写作的空间，以及挤出一段写作的时间。现在你要做的第一件事就是好好睡一觉。是的，爬上这个舞台已经让你累得够呛了。在充分休息和保持位置之间找到一个平衡点，下决心绝不后退。休息，然后前进。要让这个世界与你的生活保持足够距离，以便你在写作时能集中精神，但不能太远。这样当你日常工作一结束你就能走进这个世界，并在其中生活。我们知道做到这点已经让你花去了全部写作精力的三分之一。

我们来猜个谜语吧，一天中什么东西是我们所有人都平等地拥有的？无论穷人富人，精力充沛的人，忙碌的名人，或者其他任何人——什么东西是我们平等拥有的？答案是我们一天都有 24 小时。

我们拥有相等数量的时间，区别只是我们中的一些人能找到时间，利用这个时间来写作。不存在没有时间的问题，只有选择的问题。

现在我们假设你同意这是一个选择问题，你选择了拥有六个孩子和一条狗，同时你也选择了写作。你要怎么解决这个问题？

别为这个打架。

先看看你的时间和你是怎么分配时间的。很可能你的大把时间都用在思考和感受你没有时间上了。今天的压力其实来自于你总在担忧该如何应付明天的一堆破事儿。

这1分钟你过度操劳了么？如果是，在这1分钟你就要采取行动解决具体问题。如果这1分钟的压力其实只是因为担心下1分钟，那你纯属在毫无产出的浪费时间。如果你把全部精力的百分之八十用于让与世界相通的门关得更久以便于你写作，那你只留下了百分之二十的时间真正用在写作上。

如果你不得不承受这一切——就向它投降好了。走向你的幼儿园，或者学校，但要带上你的便签本和纸。永远对生活说"yes"。

11.2 我怎么治愈晕船的

我曾因为晕船悬抱在一艘巨大快艇的栏杆上，一时引人侧目。而在最近的一个出海日，船还没离开港口，为了抵抗头晕我已经让自己抓紧栏杆。

> 我
> 等一下，这一分钟你难受么？
> 我
> 不。
> 我
> 如果这分钟是"好的"，那就别给它灌输"难受"的感受。

我决定在晕船真的发生之前再也不去想它，而我居然再也没晕船了。一天中抽一段时间只关注一件事，现在只关注你自己。

11.3 怎么听到你自己的心声

倾听，你会告诉自己你需要知道的所有事情。通过观察别人，你了解了如何揭示你的人物,也了解了自己。你心里在想什么？倾听。

注意你生活中的噪音。分心的事情无穷无尽,它们是让你停滞不前的元凶之一。你说:"我想一个人呆着。"但你是不是在独处的第一时间就打电话给你的朋友汇报"我想一个人呆着"了？

给你自己空气和阳光。我们所有人都很需要。

11.4 让你的思维自己运转

> **你**
> 我没有时间去思考。
>
> **内心电影**
> 好,既然思考让你陷入麻烦,那就别去思考。

Chapter 12
地点和物件

PLACE AND STUFF

12.1 贴身用品

上周二我没法继续写下去，我有一种难以遏制的冲动要马上跑出去买一个电动铅笔刀。在美国，当某人开始尝试一项新的体育运动，他的第一个标志性动作就是上自行车商店或者俱乐部买关于那项运动的贴身用品。你还没挥过一次球拍击球呢，但是你已经在球鞋和球帽上花去了 62.50 美元。买一件工具或器材往往是你对一项运动的先期投入。

这是一种很正常的本能。去吧——到零售店去消费吧。有时你需要外在的有形的证据提醒你已经投入到某项运动中。如果你是一个作家，但你还没写过任何东西，你也需要看起来像个作家。你需要坐在一个作家的座位上。

我住在希腊的一座小岛上，一个朋友把他的爱马仕便携式打字机借给我，她叫我"噼里啪啦"，因为岛上任何一个地方都能听到我"噼里啪啦"的打字声。我有一个小小的希腊桌和椅子，让我能坐在阳台上俯瞰爱琴海。希腊传统复活节之前，岛上的每个人都要粉刷屋子，可是没人让我帮忙粉刷。我把这归因于我有一块地方和一个物件，我称得上是一个作家，我正在工作。而我为此感激涕零。写作很辛苦，但是粉刷房子这种体力活，哦，还是算了吧。

12.2 把工作场所设置在哪儿

你的工作场所可以布置得很精心也可以很简朴，依你的性格而定。我的一个学生把她的客厅变成了办公室，这花去了她两个月的时间，很好。那其实是一段孕育期。准备工作场所的同时她也在思考自己的剧本。装修一结束，她就马上投入到写作中。当你确定你已经准备好了，就开始写吧。

另一个学生有一台便携打字机，她在午餐时间把车停在公园里，她就在车里写作。我有一间办公室，看上去有点像公司总部，有一台电脑，一台打印机，万事俱备。但是每个下午我都把它们留在办公室里，带着我的钢笔和纸，到长椅上去写。

有一个固定的地方很重要，你可以把视觉道具放在那里——就把它放在外边，因为如果你把它收好，就意味着你只有在必须的时候才不得不把它拿出来，而内心里你并不愿意。我们可以用统计数据证明这个论断。

如果你没有地方，那么就随身带一个便签本吧，可以走到哪儿写到哪儿。

地方和物件的置备不必花很多钱。我有一个很大的钱币颜色的陶器马克杯，还有一件 3AM 的羊毛衫。

好了，现在就去购物吧。

Chapter 13

我该找个写作搭档吗？怎么找？

SHOULD I HAVE A WRITING PARTNER, AND HOW DO I CHOOSE ONE?

最理想的写作搭档就是他能说出那些你想到却不敢说出口的"蠢主意"，你听到了这些蠢主意，却灵感大发马上想出下一个精彩片段。一个蠢主意加上之后的好片段，就是一次完美的协作。

搭档关系是才华、需要、欲望、工作习惯和个人卫生等各个方面的亲密结合。扪心自问，你们在感情上真的能作为一个团队和睦相处么？如果一个人在下，一个人在上，下面的人是否有能力把上面的人拽下来？或者上面的人有能力把下面的人拽上来么？如果从感情上你不能支持另一个人，那么也不用指望搭档的支持了。确定好时间地点，和你要完成的页数，然后尝试从外源培养感情支持吧。

13.1 未来写作搭档的和谐性测试

问问自己以下这些问题。这里没有满分，而是由你来界定何谓完美的搭档关系。

你们奔向成功的步调一致么？

你们对成功的定义是一样的么？

当你们一起脑力激荡,是不是很令人激动?你们是否有层出不穷的点子,而且让彼此都很中意?

可能你们是一对完美的互补——一个做重点笔记,设定时间,另一个出主意,然后溜出去找按摩医生。你们能互相激发么?

是一个抽烟,另一个不抽烟么?

是一个白天工作,另一个夜里干活么?

是一个长于结构,另一个精于对白么?

你们携手作战是比各自单兵作战强么?

你们喜欢彼此么?

他是不是状况频出占用你的写作时间(比如,他的背疼了,伤风了,然后又到堪萨斯去参加一个婚礼了)?

你们对从共同劳动中得到什么有一个共同愿景吗?

你愿意在将来和他分享你的事业成就么?

你们中有谁拥有一个爱侣,他(她)会妒嫉你们共度时光么?

你们在一起的时候是更能创作出个人化的故事而不是精巧细致的段落么?

13.2 谁是作者?

心底里,你总是陷入迷惑:这神奇的魔力到底有多少来自于你自己?又有多少必须归功于那家伙?事实是来自于你们俩。你必须接受这个事实,那就是有些美事只有当你们在一块的时候才会发生,一旦你们分开则不行。如果你不想同他分享这种只有你们两人在一起时才会产生的魔力,你就别去找什么搭档了。

13.3 证明你自己

你是不是觉得需要通过写剧本来证明自己?那和人搭档恐怕没法满足

你。你怎么通过别人来证明你自己呢？你必须独自去做才行。如果每个人都觉得这个剧本自己贡献最大，另外那个人却偷走了你的点子，那搭档关系必然以苦涩告终。

13.4 盟　约

你和某人组成职业搭档，这关系到两个各自独立的成年人的职业生涯。也许你认为这是一种很严肃的承诺，但是我的朋友罗恩·弗里卡诺（Ron Fricano）和我则是这样开始谈判然后成为搭档的。

> **罗恩**
> 想一块写么？
> **我**
> 好啊。

我们举杯祝愿我们的联盟："能坚持多久就多久。"桌上一个几度结婚离婚的朋友笑得从椅子上摔到地上。

> **朋友**
> 上次婚礼上我应该说这句话的。

严肃地对待你的承诺，但是如果它没法继续，不要让这件事影响你和朋友的关系。我和罗恩一块写了一年，然后我们觉得都更喜欢独自写作。我们分开了，但依然是好朋友。

13.5 心如鹿撞

如果你爱上了你的搭档，但是你的搭档并未爱上你，别精神紧张，让这事安然度过。所谓萌生爱意只是一种专心致志的状态。当你们以彼此为焦点，你们的大脑皮层就会发生改变，类似爱的洗脑。当这种"心如鹿撞"的症状结束，你们的搭档关系会更加深入。当然如果你们同时爱上对方，那就别写了，赶紧结婚去吧。

13.6 破坏分子式搭档

很多搭档关系崛起得很快，但在经历最初的成功后就迅速地瓦解了。这是因为一个搭档的错误行为就像一个破坏分子。留神这种让你陷入失败的搭档关系。你们可能很快就卖出了一个剧本，这时搭档关系的主题就不是你俩如何找到活儿干，而是你们如何处理这初战告捷的胜利果实。如果你的搭档应付不来，或酗酒贪杯或一蹶不振，你会发现是自己在苦苦支撑着他，你做的已经远远超出了你的份内。这种搭档关系和你刚刚得到的那份工作，来得快，去得也一样快。也许你会说这是搭档的错。但是其实在你当初选择时，就不该选择那些会拖着他人陷入失败的人。一个人应该拥有独自承受失败的坚强意志。

内心电影定理：强大的联盟最好出现在这样两个人之间——他们在一起时能成为一个整体，而且通过两人搭档能让彼此变得更强。

13.7 对独自行动的胆小鬼的建议

尝试一下伙伴模式。

找到另外一个跟你一样愿意用21天写一个电影剧本的作者，这跟搭伴减肥的道理类似。你们俩可以彼此激发，共同谈论，利用对方的支持和建议。但是每个人都只是在写自己的电影。

Chapter 14

对爱侣的指导：怎么关怀和培育一个"潜在"剧作家

THE LOVED ONES' GUIDE TO THE CARE AND FEEDING OF A WOULD-BE SCREENWRITER

这一章写给所有爱你及跟你亲密的人

14.1 什么时候供给空气和阳光

有一个时刻，你会觉得你的作家好像已经脱离这个星球，遁入了另一个空间。因为他或她的离开，你会觉得空气里好像有一个洞，一个真空。如果你想努力够着他们，把他们拽回来，也许会让自己的手被咬一口。你会觉得被遗弃了，你会使出浑身解数——打搅添乱、把盘子里热腾腾的饭菜都扣在他的打字机上。这并不明智。他们走了。努力把他们从外太空弄回来(a)难以实现，(b)反而会引发不快更让你觉得自己被抛弃了。要明白一点：这并不是针对你。因为他们离开这个星球神游天外并不意味着他们不爱你，而只是表示他们正在工作。既然他们是在工作，那就忍着点吧。最终他们会结束工作，回到你身边，继续疯狂地爱你。

14.2 什么时候不要把爱的声明太当真

他们已经写出一页一页的天才篇章,他们的"情商"已经日益增长。当你正在切菜的时候他们也许想和你跳一支舞。把这洋溢而出的爱意存进你的口袋吧,然后第二天拿出独自享受。因为一旦他们身处"毫无价值的挫败"之中时,就无力去给予和接受任何一种爱意了。

14.3 迟来的满足

如果你的作家企图用他的剧本证明自己,那他可能会出现这种症状:在剧本真的大功告成之前,他不能爱或者被爱。他不会让你爱他,但他也许又会要求你的爱。这很棘手。跟他定个协议,让爱和写作同时进行。如果你想等到剧本结束了才去爱对方,那么剧本永远不会结束,你们也永远没法继续正常生活。

14.4 危机处理技巧

如果你感觉不到一丁点儿的谢意,你的作者仿佛一门心思跟你找别扭——去把你家里所有的书都翻开,翻到致谢辞那页。看看所有作者致他们所爱的人的感激和歉意,好好体会字里行间的情意。

再忍耐一下,总有一天你也会拥有属于你的那一份。

14.5 从此以后一直幸福

我有一个作家朋友,他的新婚妻子曾极度苦闷:"他根本不爱我。"我们谈论过这个问题。我建议当他只是一个劲地写啊写时,她就用他爱她的念头让自己快乐起来。终于她不再把写作当做自己的情敌，她拥抱它，而且以她力所能及的各种方式帮助她的丈夫，这让她感觉自己也成为了一份子，而不是和她丈夫分隔在两个世界里。七年过去了，他们有了两个孩子，他成了相当成功的好莱坞剧作家，两人婚姻依旧美满。我去他们家吃晚饭，杰克在吊床里呼呼睡去，唐娜一边嗔怪地拍他一边说："他正写第 2 幕呢。"

14.6 如何给"杰克 & 海德①"相等的时间

你知道两个相爱的人的关系真的就像过山车。

当你把写作加入其中，不要把写作当作焦点，而去给真正属于你们关系的其他领域找麻烦。**内心电影法则：写作不是背叛。**

当某人写剧本，尤其是第一个剧本的时候，往往是一次真挚的尝试，希望在某种意义上让自己变得更好。如果这想法对你来说颇具威胁性，那么就用跟他一起变好的方式来向你的作家致以敬意吧。为你们自我完善的共同活动做一个 21 天的日程表。当他背诵他的奥斯卡得奖感言的时候，也能激励你跳下沙发去做有氧健身操。第二天，当他对你严加斥责的时候，你也要用克制暴饮暴食的冲动来对自己致以敬意。

把你们个人的梦想系在一块儿，难道这不是爱的妙用么？

14.7 相　信

他的梦想你也有份儿，这的确是件让人兴奋的事。当你信任一个人，希望他们的梦想成真，你会感觉很好，他们也会。

---

① 杰克与海德是根据同名小说改编的影片《化身博士》(Jekyll&Hyde)中的角色，影片讲述受人尊敬的科学家杰克喝了一种试验用的药剂，在晚上化身成邪恶的海德先生四处作恶，这里作者借这一双面人格的艺术形象代指活在虚构、现实两重生活之中的编剧。
——译者注

Chapter 15
编剧的家庭启蒙书

THE SCREENWRITER'S FAMILY PRIMER

　　是的,我们已经跟你的爱人谈过了。他们已经懂了,他们会一直陪着你支持你。这里要再对你絮叨一遍。

　　爱人拥有不可思议的雷达,当你的专注使你仿佛要脱离这个星球,他们马上就能感应到。是的,他们第一秒钟就会有感应。甚至你的狗也会知道,或者该说,尤其你的狗会感知到。他们会想尽各种托词各种方法希望你回来。你要知道:你的创造力是如此强大,那些跟你生活在一起的人还有动物都能感到在你原来呆的那块地方,空气中突然出现一个真实的空洞。你留下了一个真空。不要和爱你的人争吵。永远不要和爱你的人争吵。他们只是想要你回来,拥抱他们因为爱你所以想要你回来的事实吧。

15.1 你自己如何蜕变

　　随着你的不断成长,你变成一个全新的你。但是关于这一事实的认知会有一个滞后的过程。尽管你已是全新的你,你的爱侣、你的朋友可能还会像以前那样对你,起码要等到他们看到了你的新行为,才会对新行为作出新反应。

你是不是见过一个十几岁的少年一边大发孩子脾气,一边喊道:"我想被当作一个成年人。"

要想被当作一个成年人就得像成年人一样行事。所以要想被人相信是一位作家,就必须首先自己先相信这点。

要想改变你爱的人对待你的方式,你就得先改变你自己的行为。当你相信自己是个作家,其他人也会相信。

15.2 你需要他人怎么对你,感情生活多项选择小测验

(a) 你需要人们相信你而且告诉你他们是否相信?
(b) 你不需要告诉任何人任何事,而是一个人埋头写作?
(c) 你需要人们知道你在做什么,同时你又不想让他们影响你的日常感受?

你希望人们怎么对你,他们就会怎么对你,就看你提出怎样的要求了。

15.3 盛宴或饥荒

记得《四眼天鸡》(*Chicken-Little*)的故事么?小鸡恳求:"谁来帮我种玉米?"没人搭腔。但是当种子长大,玉米丰收的时候,所有人都有时间来吃玉米。

在穿越最黑暗、最阴郁的第 2 幕的那些日子里,当你觉得自己没法继续,你会给一个朋友打电话,尽管这个朋友也许给不了你任何帮助。当然不管怎样,你都会自立自强咬牙坚持,最终写完你的剧本。

第一个到访的朋友可能也会第一个对你说:"我知道你能行。"

当你毫无信心的时候,你是否需要有人来帮你说服你自己?给朋友打电话说:

> **你**
> 我没信心,你能帮我说服我自己么?
> **全世界人民**
> (众口一声)
> 我们知道你行的。

15.4 当你没法上床睡觉该对爱侣说什么

什么也不要说,给他(她)一个拥抱,一个长长暖暖的拥抱,就在你的工作区域好好亲热一下。如果这个时刻你的伴侣说:"你不上床来么?"你脑子里可能会蹦出一个念头——现在你需要先献身于你的剧本。别虚伪了。去吧,拥抱彼此,让你的爱侣沉浸在幸福的浪潮中。然后回到你的工作区,此时你写出的文字一定生气勃勃精彩无比。

Chapter 16 你为什么停下,怎么才能继续

内心障碍

WHY YOU'VE STOPPED; HOW TO KEEP GOING

这里给那些正身受写作之苦的作者们四个选择:

(1) 他们会放弃写作,但又会深陷放弃写作的痛苦中。
(2) 他们会继续写作,但是会身受写作的痛苦。
(3) 他们会放弃写作,不再痛苦。
(4) 他们会继续写作,不再痛苦。

你想要哪个?现在就作出选择吧。
好了,让我们搞清楚你的障碍是什么,然后解决它。

16.1 学会利用你的恐惧

托马斯·爱迪生怕黑,看看他因此做了什么。他点亮了黑夜。

你是想利用你的创造力发明各种阻止自己的借口,还是想运用同样的力量在黑暗中散发光芒照亮道路,继续前进?我知道你的选择,我们出发吧。

16.2 矛盾重重

有些时候我们告诉你要将注意力投向细节,但另一些时候你又需要跳出来看大局。只有当你知道什么时候采取什么行动,你才有可能成功。一般说来,如果你前进受阻,那都是因为你来来回回走的都是一条路,你需要转头向相反方向去。

你是否有以下这些症状?

- 你能拖就拖。
- 你希望拥有更多意志力量。
- 你希望你的态度更积极。
- 你希望有人狠狠地骂你。
- 你打不起精神。

好,让我们一一治愈这五大病症。

先说拖延。拖延就是你计划要做某事,却没做。

内心电影定理:错误不是你没做,而是在于"要做什么"的想法。

现在把拖延这个词换成酝酿,让我们继续前进。

再说意志力,如果你有意志力,请把你的手举起来。对,就这么举着,坚持十分钟。现在把它放下来。你感觉如何?你感觉手臂酸痛。所谓意志力,往往意味着做那些违背你意志的事。

消极思维的力量。不要拒绝发生的任何事,永远接受,并且乐于接受。只有这样你才会拥有力量去改变它。

内心电影定理:如果你能接受它,你就能超越它。

一顿臭骂。当你想要一顿臭骂的时候,你真正需要的其实是有人轻吻你的面颊。从我们脑子里蹦出来的这种惩罚那种处罚打败了我们,这种想法反映了我们认为自己应该去做。但事实正好相反,只有当我们愿意去做某事的时候,这事做起来才会容易。就像小时候你讨厌大清早起床去送报,但如果是去钓鱼,那早早起床就不是问题了。**内心电影定理**:只要我们愿

意，我们可以做好任何事。

我们认为自己需要被痛骂一顿以激发我们去做我们不愿做的事，但与其花大力气让你做你不想做的事，不如让你做你真正想做的事。去钓鱼吧。记得带上你的打字机。

一旦你准备好了，没有什么能阻挠你。而如果你没有准备好，多少顿痛骂也没法让你去做你不想做的事。

懒洋洋的用途。这一页我们谈论了你为什么永远没法开始，你为什么总是不能坚持下去，以及你为什么总是不能完成。但是你是不是已经厌倦告诉自己这些？

不如咱们打个盹先。

Chapter 17
没有所谓的创作瓶颈

NO SUCH THING AS WRITER'S BLOCK

没有所谓的"创作瓶颈"。如果你不相信,现在坐下,以"我为什么写不下去了"为题,你可以轻轻松松就写上 10 分钟。

17.1 创作瓶颈只是你的幌子

每次你一写不出来,就会把它归咎于创作瓶颈。把所有问题统统扔进这口黑暗腐臭的大锅里,真正的原因也许只是你想去打保龄球。

你文思堵塞,是因为你想去打保龄球。或者你写不出来是因为你害怕你会超过你父亲。不同的原因需要对症下药。

要想清除路障,首先得弄清楚障碍物到底是什么。

17.2 我们总自以为是

你是不是有这种症状:你觉得故事就在你脑子里,但当你用尽方法想把它弄出来,它却死活不肯出来。我们用一个大黑匣子来比喻你的创造力,你认为这个黑匣子里是一只小金毛犬，但是不管你怎么做——又喊又哄又用诱饵——就是没法让它出来。你知道这是为什么吗？因为它不是一只小金毛犬。它并不是你想的那样，而正是你的预想让它只敢呆在黑匣子里不敢出来。

所以应该这么做：(1) 放弃那个认为它是一只小狗的错误想法；(2)承认有什么东西在这个盒子里，而且它想要出来；(3)让它出来；(4)现在它出来了，你可以看到它究竟是什么了。

在你创造它之前怎么就能预言自己创造了什么呢？让它出来。也许它是一只小狗，但是它有十二只爪子和绿色的斑点。不管想要出来的是什么，它也比你预想的要好得多。正是你自以为是的先见之明让它不敢出来，让它普通庸常。

17.3 从杰作的阴影里解放出来

我想我知道为什么莎士比亚能写得这么棒——因为他不用拿自己和莎士比亚做比较。

你是不是认为你的写作应该是莎士比亚式的语调，让人望尘莫及的郁郁寡欢而又深奥难测？放自己一马吧。作为一个作者，你需要做的就是跑到你的读者面前说："嗨，我要告诉你件事。"

17.4 这是世界上最糟的感受

如果写作让你痛苦，别指责写作，去指责痛苦吧。这不是写作的错，因为写作的时候，你想写的应该自然地从你的笔端流淌出来，而这应该是你经历过的最美妙的感受之一。写作不会伤害你，停止伤害吧。如果你感觉如同陷入世界上最糟的泥沼之中，那只是因为你还不会写作。现在坐下来，写下你的感受。先在写作的避难所中得到抚慰，再回到你中断的地方。

17.5 创作瓶颈的好处

除了必需的随身用具能宣告你是一名作家之外,创作瓶颈应该是你拥有的证明自己是一个作家的唯一证据了。去买一根烟斗,在你的粗毛呢夹克的肘部缝两块软皮补丁。或者最好把一张张纸都写满——既然你觉得因为你没有写满那些白纸所以你不能算一个作家,那就把纸都写满吧。写出关于你的狗的 8 分钟短故事,再用整整 12 页列出你认识的所有人,包括现在认识的和你将要认识的。把纸都写满,让它们告诉你:你是一个作家。(附注:如果你要成为一名大夫,你需要用训练和时间变成一名大夫。如果你想成为一名作家,也得让你自己变成一名作家。)

17.6 我在哪?为什么这么难受?

内心电影定理:挣扎这种症状,是提示你走另外一条路。

内心挣扎的时候,你觉得糟透了,受够了。别试图摆脱你的感觉,你越想摆脱就越难受。这就是挣扎。

你会想:"这跟我有什么关系?为什么我感觉这么糟?我真是笨蛋。"

你会从分析到批评,直到你的思维部分说服感觉部分,然后感觉更糟。

所谓挣扎,就是你不能接受你的感觉,而不能接受你的感觉的行为就是挣扎。

你觉得自己身处恐惧之中。和你的感觉呆在一起吧。不要给自己施加任何压力去摆脱感觉。

当你发现你的思维在感觉四周窥伺,那就对你的思维说:"让我一个人呆着。"

你可以给你的思维分配这些任务:

你和感觉呆在一起,让你的思维留意你的行为。你的行为会传递给你一些信息,告诉你为什么感觉这么糟糕。

有一种方法……

17.7 自己说服自己

首先注意当你跟自己说话时你都说了些什么？
"我不够好。"
"我做不了这个。"
你会让其他人这样跟你说话么？你可能早就起诉他了。现在用这些话来扭转局面："我无可限量。""我能干好自己想干的一切。"现在就给自己写一封粉丝来信。去吧，写上 8 分钟。

17.8 怎么不再给自己退稿条

要想不再被拒绝，就得去接受它。接受拒绝。对，这就是方法。拒绝不是针对个人的，不要把它变得个人化。

我碰到过一个曾经独自在世界各地航行的人，他最大的兴趣就是征服海洋。在南美洲海岸外的一个地方，他的船翻了，整整 40 天他趴在一块船体残骸上凝视他心心念念想要征服的大海。之后他懂得了两件事：(1) 他没法征服大海；(2) 大海也没想过要征服他。他输了，而大海并没想要赢。他明白了大海是客观中立的。

我们面对拒绝时，心中不由自主就会升腾起对拒绝我们的人的愤怒，而不是去接受一个事实——他们只是客观中立，就事论事。

接受它，别让自己淹溺在失望愤怒这些负面情绪之中。

17.9 怎么知道你的思维想休息

你是不是有这些症状：坐立不安。满脑子一团乱麻，不堪其扰。治疗方法很简单——去玩吧。

我们不希望你用尽全身气力让自己留在椅子上，而没剩下多少力气来做正经事儿。所以去吧,把所有干扰从你的头脑中清除出去。我们稍后再见。

17.10 100种轻松方式

到大自然里转转。大自然具有超然的智慧,它会重新调整你的节奏,解开你让自己陷入的纠结。看看鸟儿。和橡树来一场意味深长的对话。

到公园里走走,从滑梯上滑下来,把你的苦闷都留在滑梯顶上,一股脑儿从苦闷中滑出来。

去放风筝,把你困惑的问题写在风筝上,看着它越飞越高越飞越远,你也许能找到一个全新的视角。

周末到好朋友家去做客,好好享受一下被照顾的滋味。

关注他人的问题。

对着镜子给自己讲一个冷笑话。

拿大顶。

去商场。把所有香皂都闻一遍,挑出最好闻的那个。再买一根蜡烛。回家,洗一个长长的烛光泡泡浴或者淋浴。然后好好睡一觉。

你可以想出更多更好的方式来完成这张清单。

注意,开始写作的方式与写作无关。

Chapter 18

高级臆想症，一种慢性病

ADVANCED HYPOCHONDRIA, A CHRONIC APPROACH

18.1 如何辨别是神经过敏还是剧本磕绊

在这儿请原谅我的粗鲁，因为下面我要讲一个厕所故事。如果您不想听，请直接翻过此页。

想当年分配给我的第一个任务是一部 1 小时电影。"急活儿"（总是"急活儿"！），"四天里搞定"。四天！我得了腹泻。我的职业生涯和生计财路全都押在这剧本上，我被彻底压垮了。我的身体亮起红灯，难受得就像要死掉了，但是我清楚地知道这其实是我作为编剧即将迎来新生的症状。我尝试说服自己不要这样——可是没戏。我去看了大夫，他给了我一颗大药丸，让我吃了后上床睡觉。太好了，获准睡觉。我回到家，坐在床上，看着这颗大药丸。这个玩意到底是什么？巨大得可以用作大象镇定剂了。我知道如果吃了它，就能从写剧本的那四天里解脱出来。这是每个人生活中都会出现的时刻——你可以左转，也可以右转，你之后的人生就取决于你这个决定。我慢慢站起身走到我的打字机旁，拿起它把它挪到厕所里，打了这份跟自己之间的约定："嗨，身体，这是完全自愿的对话。你可以说出所有你想说的。……我挪到厕所里来迁就你。但是有没有你我都要写完这个剧本。爱你，维基。" 1 个小时以后我已经顺利进入第 1 幕，而且安然无恙地离开厕所,神清气爽。

18.2 臆想症

作家是世界上最聪明的臆想症患者。对,跟你一样古怪的症状,在你之前许许多多剧作家都有过并且他们都挺过来了。按你的胸骨之间,那是一片多块状物的集合,这是你的胸片。所有人都有一块,非作家也一样。你也许直到现在才注意到它的存在。一般立志成为作家的人在往打字机里卷进一张白纸时往往会感觉到它。你不会因为这个死掉,再找点别的。你也许会找出一些反复出现的隐约症状,有关神经或者瘙痒的。有些症状还需要研究,而瘙痒往往意味着故事已经准备出来了,而你还没准备好让它出来。

18.3 成为一名作家的症状

肌肉拉伤 你太努力了。

呕吐 一种精神宣泄。你有太多念头涌上来。之后的第二天往往会是一个很棒的写作日。

乏力 你的内心做了太多工作,但是你却一点也没能让它们呈现在纸上,所以你认为你失败了。不,你没有。是你认为你失败了的想法让你一直才思堵塞,也是它偷走你的力量。如果故事准备好了,它会出来的,与之伴随的是你开始觉得瘙痒。

眼花 你不想看到你剧本中反映的真实。它们扑面而来,太快了。你发现自己退缩了。你会皱起你的眉头。现在练习看着某物——一个咖啡杯——很长时间不加判断,只是盯着。仔细查看。慢慢适应,看着某物并不意味着它就要撂倒你、搞定你。

还有一种减轻眼花症状的方法——望向地平线,让你的眼睛适应远视。看大的图景,从细节斜视的视点中解放出来。

气急 一个学生晚上给我打电话说自己已经忘了怎么呼吸。他围着餐桌慢跑,没几分钟他的呼吸沉重得连他都能听到。气急经常发生在当你一眼瞥见你即将经受的那些事情时。它吓着你了。你担心自己会失去控制。

背痛 跟"我的背要断了"一样,这往往是一种压力的迹象。你可能担心自己会后退。或者你想放弃,一辈子就这么躺着什么也不做。给自己一点时间去懒散地闲荡。与其他症状相比,背痛更是一种职业变化的迹象。当你知道自己必须从一种生活方式中挣脱出来,而又不知道在向什么前进的时候,背痛会给你一个躺下思考的机会。做一次8分钟逃离痛苦的尝试。躺下,让你内心的声音告诉你它想要什么。倾听,然后采取行动。好好照料你的生活。

这只是众多症状中的一小部分,相信你会由此想起你自己的症状。

18.4 在第 90 页你为什么得流感

这是一个抗拒前进的典型症状。结束时你已经和开始时不太一样了,在你走进门之前,你需要一点时间站在门口回头看看你离开的地方。好好利用流感吧。它给了你几天时间停下。好好休息,当你准备好了,你会很快行动的。

18.5 臆想症的非权威和非医学解释

当你最终决定投入写作并辞去了你的日常工作,你会摆脱外在导向——闹钟、与同事的互动、规定的午饭时间,而改成内部导向。所有的决定都是你自己拿的,一片静谧中,你好像都可以听到自己的心跳。你需要慢慢熟悉你体内的陌生人,就像一栋新房子,当你刚刚搬进去,会听到很多稀奇古怪的声响,你会把这些新东西全都当成身体症状。

内心电影定理:让你的身体为你工作,而不要跟你的身体对着干。

Chapter 19
阶段与时期

STAGES AND PHASES

你填满这些白纸的过程也是一个从无到有的过程。就像孕育一个生命,有行动、构想、酝酿、反应、对反应的调整、结果。不管是一个孩子还是一个剧本,是你创造了它,是你给予了它生命,让它成为真实的存在,其间历经很多阶段,不同时期。你也许想问:"我哪儿不对了?"但是你哪儿都没有不对,这是创造一种存在的自然状态。

19.1 决定 101

如果你要做一个决定,你会先

- 权衡事实
- 审视自己关于它的感受
- 确定自己想要什么
- 然后才作出决定么?

好,但是然后呢?
现在你要做的就是付诸行动。如果你不采取行动,你又会转回去,把做过的决定再做一遍,如此周而复始。

> **内心电影定理:总是在起点处开始会让你永远都停留在起点。**

19.2 如果你害怕前进

害怕是一种感觉。尊重它。如果你忽视它,它会让你的决定陷入迷茫。既然你已经作出了决定,就采取行动吧。行动就是做点什么,然后你必须对你的行动作出反应,就这样向前推进。如果让你害怕前进的原因是你还没有准备好,那现在你该采取的行动就是——去做准备。

搜集信息,提出问题。

找到潜在的解决方案,然后对它们作出反应。把它们一个一个拿出来,让它们出来。唯一的错误就是停在那儿什么也不做。

走吧。

19.3 少想多做

压缩思想与行动之间的时间,这就采取行动吧。

19.4 当情节复杂起来

也许会有这么一个时刻,当你看到故事变得更大、更深、更广、更令人敬畏,你也许会不知所措,它太多了,太大了,而感觉又太真实了。好了,这说明你已经有些头绪了,有一刻你会想停下,把它塞进壁橱里。去吧,如果你必须这么做,那就把它收好。但是每次你走过它,它都能升腾起一团雾气提醒你它的存在。所以——还是把它拿出来吧。给它一个全新装备。换个笔记本。换一种新的方式来了解它。

它已经呈现出自己的生命。不管你喜欢与否，它已经开始呼吸了。

19.5 1000 页纸扉 / 如何划分和克服

我的一个顾客走进门找我的时候因为剧本超出预算而紧张万分、不知所措。她随身带着的包里装着一大堆纸——注意，这多少已反映了她的问题。她给我读了一些，我注意到当她读的时候她把纸面朝下放着。然后下一张纸她又会放到一堆纸的最后面。她没有条理、没有节奏、没有理性。我们开始尝试做一些改变——首先给她的稿纸编上页码。

如果你的稿纸多达千余张，往往是因为你已经把剧本用 12 种甚至更多的方式写过。做个选择吧，这一个版本或那一个版本。不要再写了，你已经找到它了。好好把握你已经拥有的。

你得坚定不移地支持它，否则你会拥有越来越多的素材，那样只会让一切越来越糟。明确地选择一种态度，然后把它清楚地表达出来。

Chapter 20
文思堵塞怎么办

WHAT HAPPENS WHEN I GET STUCK?

你可能认为要想开始必须(a)知道要做什么;(b)有信心自己一定能做好。但事实并非如此。

内心电影定理:去做时你并不一定知道自己正在做的是什么。

我们之所以在做事之前提前准备,其实是为了在跃入未知深渊之前给自己信心。但是这并不顶用,因为信心是要在经过努力成功完成任务之后才能获得的一种感觉。在我们尝试这个任务之前根本没法拥有这种感觉。

但缺乏信心不代表你缺乏能力。如果你不知道自己现在正在做什么——去做吧。只有去做了才会知道该怎么做。

20.1 这不是考验

内心电影定理:没有考验。你不是在这儿接受考验的,除非是你自己选择考验自己。

好了,你想经受这次考验,但是你也得允许自己不要把这考验弄得太难。

你也许觉得必须写出一个剧本来"证明"自己,证明自己是你布置给自己的任务,这任务持续多久、多难由你全权决定,反正最后也是你自己停下来,宣布你通过了这个没人让你去经历的考验。

内心电影定理:当你没有什么需要去证明时,也就证明了一切。

20.2 A——Z 等于 B

我们所做的就是堆起一座座大山,然后再去攀登征服它们。当然绕道而行也未尝不可,看看在哪块儿你能缩短自己的旅程。

20.3 如果不可能,就别做了

如果你觉得你好像没法继续——那就别继续了。

你是不是正苦捱着一生中最糟糕的日子,什么都不对头?

没人在你屁股后头追讨这个剧本,可能都没有人注意到你能不能写完它。是你自己决定去做的。你也许也曾一意孤行地要成为一名凿岩机操作员来着呢。对你来说成为"大人物"是不是很重要?这是不是你写剧本的原因?你的感觉如何——像大人物?不,你现在感觉像个无名小卒。问问自己一些比较困难的问题:你选择这个任务是为了搞砸它么?如果是,那么你成功了。你已经达到了自己的目标。现在打起精神,让人们喜欢你就像——你已经是个大人物一样。

内心电影定理:成功者的定义是——如果目标行不通,改变它,然后赢得成功。

20.4 允许停下

这只是一部电影而已。它不等于你。不管你最终是否完成这个剧本,你的人生都将继续。可你觉得你没法停下，因为你抓得太紧了，你把自己整个都投入进去了。

　　现在做个决定。你能让你的剧本继续下去么？你能找到一条路向前推进么？如果你不能，放手吧。放手也是一种前进。

　　如果你不想做某些事，那就承认你不想做。不要假装去努力。省下这力气做你真正想做的事吧。

Chapter 21
你的梦

YOUR DREAM

21.1 关于幻想的事实

我有一个老朋友,我时不时会邀请她去看电影。她老幻想成为一名编剧:"如果我不是在秘书室,我肯定能写这个。"说归说,听归听,我永远知道第2天在哪能找到她,她铁定还在秘书室。

一些幻想只是幻想,你其实并不希望它们变成现实。这没关系,只是你必须知道这点。

21.2 嫉　妒

内心电影定理:你不是其他任何人。

我总是能接到客户的电话,说他们刚从电影院里出来,看了一部暴烂的电影。他们不明白这种"垃圾"是怎么被生产出来的,如果他们的电影被相中拍出来,会强上一百倍。

上周我的一个咨询客户还带着一本《人物》杂志走进我的办公室:"她为什么能上封面?她所有的能耐加起来都抵不上我的一根大脚趾。"

问题是:你什么时候见过一个大脚趾做封面?

少即是多。**内心电影定理**:你也许拥有一百万个想法,但其实不需要这么多。看看让你嫉妒的那些人。有些人的才华也许还不如你的五分之一,找到哪些是她有而你没有的。让那些令你心生妒意的人来教你点什么。

21.3 如何使梦想成真

你需要相信你的梦。

如果你在梦想成真的途中陷入困境,那只是因为你的梦还不够强大。你是不是想要一栋海滨别墅或者一辆玛莎拉蒂跑车,就这些?

让我们对你的梦想进行一下微调。

你为什么想要一栋海滨别墅?"为了炫耀?""为了感觉像个人物?""为了追女孩?"找到你真正想要的,梦想就会拥有更强大的生命力。

我的一个学生露西,想上《人物》杂志的封面。我们做了一个"那么……"的练习。

在一张纸的顶端写上你的梦想,然后用"那么……"不断地回溯,一直回溯到梦想的源头。比如,"我想上《人物》杂志的封面,那么人们就能看到我。那么我就会被人赞赏。那么罗斯姑妈就能在超市看到,然后打电话给我妈妈。那么我妈妈就会接到左邻右舍的所有人的电话。那么她就会为我骄傲。"

一旦你发现了你为名或为利的欲望的源头,你就能自由而直接地走向那个需要,并满足它。有个关于成功的秘密:你必须首先满足需求,之后你才会成功。而如果你努力去成功以满足需求,最终你会为了成功而把自己原始的需求抛在一边。

21.4 梦想和目标的区别

梦想是你关于自我至高无上的强烈愿望。它是你的心灵之语。

目标是你的大脑计划如何去实现你的梦想。

我有两个朋友，他们差不多同时买下了价值一百万美金的梦想之宅。其中一个朋友通过与他的财务顾问商榷，制定了一个长期计划来维持这栋别墅，即使他丰厚的收入突然中断也无后顾之忧。另一个则是由于一时的心血来潮买下他的梦想别墅，可谓一次价值不菲的冲动购物。

第一个朋友现在还住在那栋别墅里，而且依然钟爱那栋别墅。第二个在他那幢连家具都没有的梦想别墅里住了八个月，让美梦渐渐沦为一场噩梦。

你是想让你的梦想变成噩梦，还是想让你的梦想成真？

如果你想让你的梦想成真，那就先用现实的态度面对它吧。所谓成真，就是不再是梦。

21.5 某天是什么时候？

直奔你的梦想而去。如果你觉得在写电影之前你必须先从学校毕业，或者先写电视剧，或者干脆等退休了有大把大把时间的时候再说——千万不要。**内心电影定理：直奔你的梦想。**

21.6 无过失的生活

你认为成功总是会挑中那些幸运儿——那些没有你这些问题的其他什么人？

成功总是会挑中那些有很多问题，但最终能把问题解决的人。

你有很多问题，所以你得处理应对那些你选择的问题，你可以拒绝它们，逃避它们，被它们卷入混乱，也可以解决它们然后继续前进。

Chapter 22
行　动

ACTION

22.1 只管去做吧

达斯汀·霍夫曼（Dustin Hoffman）的表演方法是把人物从自己体内提取出来。

劳伦斯·奥利弗（Laurence Olivier）的表演方法是把人物像面具一样戴起来。

两位不同年代的演技之神却惺惺相惜，彼此敬重。

他们一块儿拍摄《霹雳钻》（*Marathon Man*）时，达斯汀始终找不到演绎角色的突破口。

幸亏奥利弗一语点醒："孩子，你为什么不试试别想太多，就是去表演呢？"

是不是因为你已经偏离了你的道路，才平添这诸多障碍？直奔终点才是最快路径。去做吧。

22.2 关于内心敌人的结语

你的所有障碍都归咎于一个原因：你对自己认识不够。

现在走到镜子前面说："我爱你。"我是说真的。你会好的。

Part 5

结束语

《蒙娜丽莎的微笑》(Mona Lisa Smile, 2003)

Chapter 23
没有哪个行业像娱乐业[1]

THERE'S NO BUSINESS LIKE SHOW BUSINESS

开始写剧本的那个你和现在写完剧本的你已经不同了,这个崭新的你将肩负把剧本卖出去的重任。

内心电影定理:如果在写之前你就努力想卖出它,写和卖你哪样都完成不了。

23.1 多疑症

每个人都认为自己的想法独一无二,自己的剧本卓然不群,其他人都企图偷走它。确实,你的剧本很独特,你的想法很特别,它可能会被偷。可是其实不用偷看,它都可能从这个国家的另一台打字机里被打出来。这种事情一直都在发生,只是"集体无意识"而已。(如果非得做点什么才能使你感觉好些,你可以把你剧本的一个复印本用挂号信寄给你自己。或者在美国编剧协会注册,地址是:90048,加利福利亚州洛杉矶市比弗利大道8955号,花一点钱你就可以注册你的剧本完成稿,得到一个注册编号。这为你提

---

[1] 标题的英文是美国影片《娱乐世界》(*There's No Business like Show Business*)的片名,此处作者以此片名作结可谓别有深意。——译者注

供了证据，证明你是什么时候提出这个想法。）

23.2 我怎么找到一个经纪人？

不管通过哪种途径，你会找到一个经纪人的。

发挥你真正的创造力，把它寄给经纪人的老妈。让你曾经给杰瑞·威尔（Jerry Vale）当过球童的三堂弟为你写一封私人推荐函，当然你也可以再次给编剧协会写信，还是花一点钱，他们会给你发来一份有行内执业资格的经纪人名单。拿着这张名单，挨个寄出你的材料吧，可能你会看到这些材料原封不动地被退回来。这也许会伤透你的心，别灰心，再把它寄出去。

23.3 我需要一个经纪人么？

经纪人并不能给你带来质的改变（问问那些有经纪人的作者，你就知道了）。你寻求的只是一个搭档。你提供精彩的原料，而他则奔忙于各个产品展销会努力把它推销出去。你得让展销会上的人对你的东西发生兴趣，而他负责起草和签订合同。其实就算没有经纪人，你一样哪儿都能去，谁都能见。在写出一个质量过硬的剧本之前，你还是先别去叨扰经纪人了。

要是你把剧本寄到制片厂，在他们看你的剧本之前，可能会要求你签署**一份权利让渡协议**（Release Form），这是标准程序，不必过分紧张你要签字放弃什么。现在你算已经入行了，得学会适应这个行业的行规。

23.4 在找到经纪人之前该做什么？

想想所有你认识的可能帮你把剧本卖出去或者投拍的人。你想让哪个演员来出演你的主角，就把剧本寄给他。

你也可以尝试去找愿意投资你的电影的赞助人，不用只把眼光拘死在好莱坞这一块儿。

同时，继续把它寄给经纪人，还有制片人、导演、演员、赞助人。

当然还得继续写另一个剧本，如果你想把自己作为一个编剧卖出去，就得让人看到你确实能干活。

23.5 我住水牛城，能在好莱坞取得成功么？

这不是没问题，只是邮费和邮票的问题。

另外，我在替一个情景喜剧干活时注意到，来自好莱坞之外的编剧总是不知疲倦。他们可以一边听着广播，一边看一部电影。而且就只是看电影，完全不理会形式背后的内容有多荒诞可笑。这给了他们一个更清晰的潜在视野，使他们有机会提出一个好莱坞从未想到过的新鲜主意。

如果你已经决定搬到好莱坞——警告你：名利不会一蹴而就，所以别松劲，一直向前吧。

23.6 怎么知道你何时才算入行了

你想要什么？如果你想要的就是卖出你 21 天写就的电影，挣个 100 万美金，同时继续保住收费公路收费亭的工作，那就去找一个大制片人，依靠你巨型大片的故事，说服他将你的故事投射到大银幕上。

如果你想要在好莱坞成为一名编剧，以编剧为生，那么你现在要做的是兜售你而不是剧本。通过这个剧本使自己受到邀请，去和所有人碰面，和他们混个脸熟，然后抛出其他故事。如果你这么坚持一段时间，你最终会在业内拥有一席之地。

这里只是快速简介了如何卖出你的剧本的几个建议，可用方法当然比我们说的这些多得多。但是让你剧本成为电影最有效的方法其实是：尽你所能，把它写到最好。

后 记

亲爱的，

  不管您现在是想把您的剧本扔进抽屉还是搬上银幕，都衷心感谢您让我成为你内心电影的一份子。我希望这次丰富经历对您来说具有无尽的意义。(如果无尽丰富还不够，那么我还祝愿您能名利双收。一旦您让内心决定做什么事，您会取得成功的。)

  感谢您在努力接近您富有创造力的表达之时，让我们相遇并共同渡过一段美好时光。感谢您打开这本书，让它帮助您实现心灵的愿望。既然关于这个世界，对于这个世界您有话要说，请允许我无比荣幸地向您提出这个建议——让您的电影从您的心里流淌到纸上吧。这里不是告别，而是一份美好友谊的开始。如需了解更多详情，请登陆我的网站 www.inner-moviemethod.com，若有编剧之外的其他话题讨论，请登陆 www.vikiking.com。

您诚挚的
维基·乔伊·金

译后记

中国人老爱说用心，用心，这里的"心"，我们都知道不是指解剖学上的心房加心室。然而心不是心，又是什么？却"悠悠心会，难与君说"。

好在与尊崇混沌的中国人不同，刀叉都上桌的西方世界似乎更乐于一切摆在明处，于是弗洛伊德横空出世，潜意识、力比多这类生冷名词一时街知巷闻。

看惯了用一长串专业单词说艺术的大部头专业书，这本《21天搞定电影剧本》让身处中国的译者眼前一亮，如沐春风。这里"subconscious"和"conscious"被替换成了"heart"和"mind"。用心写，用脑改，短短六字，直达精髓。这种举重若轻的妙用，相信每个东方人都能心领神会。所谓微言大义，《21天搞定电影剧本》无疑作出了极好的样板，看似平常的言语，却道尽其中奥秘，行文、做事、写剧本也当如是。

每个人心中都有故事，但不是每个人都能把自己心中的故事写成故事。在这个自我言说极度膨胀的时代，《21天搞定电影剧本》一书来得太是时候。它为每个想讲述自己心中的故事的人提供了触手可及、切实可行的帮助。写出故事的过程，就是你与内心的自我对话的过程，就是你了解自我并完善自我的过程，从这个意义上说，这本书的意义甚至不局限于电影学，而扩大、深入至社会学、人类学的领域。

"如果你认为自己能在21天里写完一个剧本，你就能。"一声热情的召唤，一个艰巨的挑战，21天写出你深藏于心的剧本，亲爱的朋友，你敢接受这个挑战么？

周舟

2009年9月于北京

出版后记

自电影成为一种大众娱乐消费方式以来，将电影作为爱好和研究对象的人越来越多，大家爱看电影，爱谈论电影，但却很少有人敢于踏出创作电影的第一步。维基·金用最简要、最实用的文字写成这本《21天搞定电影剧本》，旨在为编剧新手和职业编剧提供一本真正有用的编剧指南。

不同于通常所见的编剧理论，本书强调的是编剧实践，而且是非职业编剧的编剧实践。那些没有全职写作的机会，也没有专门写作环境的人们，只要有编剧的欲望，就能在这本书的指引下，创作出自己的剧本。

本书强调，不是只有那些专门学习过编剧理论的人才能写剧本，只要你心中有一个故事，有表达的欲望，你就可以成为一个编剧。

如果你很想成为一个编剧，可是除此以外你毫无想法，你不知道自己想写一个什么样的故事，或者你有了一个故事，却不知道怎么把它讲述出来，本书能够帮助你发现心中的想法并帮助你将之呈现出来。

本书强调行动力。很多人想成为编剧，甚至他们已经想好了故事，但他们就是无法下定决心将它付诸纸笔。作者认为，这是使我们无法成为编剧的一个很大障碍，她从心理学的角度对此进行了分析，并且给出了行之有效的解决方案。如果你想写出一个剧本，可是你不能保证固定的写作时间和固定的写作地点，本书同样能够帮你解决这个问题。它让写作不再枯燥乏味，你可以在任意时间和任意时间创作自己的故事，并且和你的工作生活毫不冲突。

作者介绍了一种健康的人生观。编剧不是埋头苦写，编剧更意味着一种人生态度和生活方式，我们不需要为了爱好牺牲工作，也不需要为了工作牺牲生活，编剧的过程应该是一个幸福的过程，它让你和他人相处更融洽，让你和周围的环境更和谐。从这种意义上来说，这本书不仅适用于编剧，同样也适用于拥有其他爱好的人们。

很多时候，我们感觉编剧难以进行下去是因为我们总在追求完美，我们会因为已经完成的部分不符合心中的期望而一改再改，耽误进度，让写作计划总是在原地徘徊而无法继续下去。作者提出，无论如何，先让你的剧本从无到有，哪怕它是一个平庸的作品，你至少还有机会将它修改得更美妙；如果你始终不能完成一个作品，那你永远也不会有让你的作品变得完美的机会。

作者还在书中介绍了很多实用的点子，比如说8分钟写作。写作不一定要在一个连续的时间段里完成。如果你好好利用生活里那些散碎的时间，同样有可能产生意想不到的结果。比如把你的剧本划分为许多个场景，把每个场景分配给一张卡片，这样你用8分钟时间就能填满一张场景卡片，想想看，你的一天中有多少个被浪费的8分钟啊。这本书不仅要帮助你把编剧这件事儿变得简单，还要让它尽可能有趣。

和其它几本书相比，这本书虽只有薄薄一册，但同样内容充实，风格独特。从电影理论到电影实践，"电影学院"丛书在努力完善电影的学习体系，并尽力让我们这一共同学习的旅程充满惊奇的发现和乐趣。请读者继续关注我们接下来将要出版的一系列电影艺术类书籍，为我们提出宝贵的意见和建议。

服务热线：133-6631-2326　188-1142-1266
服务信箱：reader@hinabook.com

后浪电影学院
2015年6月

图书在版编目（CIP）数据

21天搞定电影剧本 /（美）金著；周舟译. —北京：北京联合出版公司，2015.6（2022.10重印）
ISBN 978-7-5502-5001-7

Ⅰ.①2… Ⅱ.①金…②周… Ⅲ.①电影剧本—创作方法—教材 Ⅳ.①I053.5

中国版本图书馆CIP数据核字（2015）第065501号

TITLE: HOW TO WRITE A MOVIE IN 21 DAYS
AUTHOR: Viki King
Copyright © 1988 BY Viki King
Published by arrangement with Viki King through Bardon-Chinese Media Agency
Simplified Chinese translation copyright
© 2015 Ginkgo（Beijing）Book Co., Ltd.
本书中文简体版权归属于银杏树下（北京）图书有限责任公司

21天搞定电影剧本

著　　者：（美）维基·金
译　　者：周　舟
出 品 人：赵红仕
选题策划：后浪出版公司
出版统筹：吴兴元
特约编辑：何　筠
责任编辑：刘　凯
营销推广：ONEBOOK
装帧制造：墨白空间

北京联合出版公司出版
（北京市西城区德外大街83号楼9层　100088）
北京天宇万达印刷有限公司印刷　新华书店经销
字数115千字　690毫米×960毫米　1/16　13印张　插页6
2015年6月第1版　2022年10月第8次印刷
ISBN 978-7-5502-5001-7
定价：28.00元

后浪出版咨询（北京）有限责任公司　版权所有，侵权必究
投诉信箱：copyright@hinabook.com　　fawu@hinabook.com
未经许可，不得以任何方式复制或者抄袭本书部分或全部内容
本书若有印、装质量问题，请与本公司联系调换，电话010-64072833

《你的剧本逊毙了！100个化腐朽为神奇的对策》

著　　者：（美）威廉·M·埃克斯　　译　者：周舟
书　　号：978-7-5502-7892-9　　出版时间：2016.08
定　　价：56.00元

★ 编剧们修改作品的剧本医生，审稿人选取作品的剧本顾问
★ 好莱坞罕见的圆熟手段＋深刻见解＋真诚态度三合一
★ 浸淫编剧界日久而得的智慧，令人大开眼界又忍俊不禁

"一口气买了30本，打算送给身边同事和编剧。"

——彭浩翔

《剧本结构设计》

著　　者：（美）丹·奥班农　　整 理 者：马特·洛尔
译　　者：高 远
书　　号：978-7-5502-3885-5　　出版时间：2015.03
定　　价：32.00元

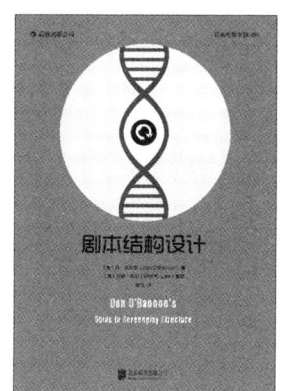

★ 来自《异形》编剧的锦囊妙计与出人意料的剧本结构体系
★ 编剧大师奥班农多年经验总结，多条秘诀助你写出有力剧本
★ 分析流行剧作法，提出独辟蹊径的动态结构体系
★ 解剖《卧虎藏龙》《精神病患者》等经典影片，洞悉剧本结构的秘密

《编剧点金术》

著　　者：（美）琳达·西格　　译　者：曹怡平
书　　号：978-7-5502-1620-4　　出版时间：2015.03
定　　价：35.00元

★ 如果你初出茅庐，它将帮你提升技巧，讲出曲折动人的故事
★ 如果你是老手，它将帮你熟练掌握依靠直觉习得的技能
★ 如果你正深陷剧本修改之苦，它将帮你让故事柳暗花明

"自从《阿波罗13号》时起，我就一直按照书中的观念来拍电影。"

——朗·霍华德

北京电影学院剧作课程指定教材、好莱坞编剧教学大师悉德·菲尔德全球热门剧作丛书

《电影编剧创作指南》（最新修订版）

著　者：（美）悉德·菲尔德　　译　者：魏枫
书　号：978-7-5502-8059-5　　出版时间：2016.09
定　价：58.00元

★ 稳扎稳打的入门指导，引领你从空白稿纸到一部专业电影剧本
★ 简明实用的编剧工作手册，帮助你了解好莱坞专业编剧流程
★ 教你轻松应对电影公司的剧本要求
★ 每章皆附知识总结与相关练习，便于巩固学习

《电影剧作问题攻略》（修订版）

著　者：（美）悉德·菲尔德　　译　者：钟大丰　鲍玉珩
书　号：978-7-5502-8546-0　　出版时间：2016.12
定　价：55.00元

★ "世界上最抢手的剧作教师"倾力之作，极具针对性的剧本写作指导手册，教你从人物、情节、结构来"干掉"问题
★ 向您揭示认识、鉴别和确定电影剧本写作问题要诀之所在
★ 特附明确修改方向的"疑难问题解决指南"列表
★ 结合大量经典影片进行剧本个案分析

《电影剧本写作基础》（最新修订版）

著　者：（美）悉德·菲尔德　　译　者：钟大丰　鲍玉珩
书　号：978-7-5502-8475-3　　出版时间：2016.11
定　价：58.00元

★ 直击剧本写作关键，教你搭建结构、塑造具有说服力的人物
★ 揭示剧本入选诀窍，教你从剧本的第一个词就抓住剧本审稿人
★ 有效指导故事发展，教你设置情节点，铺设有张力的故事线
★ 详实分析《唐人街》《教父》《侏罗纪公园》等经典名作的剧本